郭英剑◎著

# 域外，好书谭

海天出版社（中国·深圳）

图书在版编目（CIP）数据

域外，好书谭 / 郭英剑著. —深圳 : 海天出版社,
2014.8
（本色文丛）
ISBN 978-7-5507-1104-4

Ⅰ.①域… Ⅱ.①郭… Ⅲ.①世界文学—文学评论
Ⅳ.①I106

中国版本图书馆CIP数据核字(2014)第115195号

域外，好书谭
YUWAI，HAOSHUTAN

出 品 人　陈新亮
责任编辑　李向群
责任技编　梁立新
责任校对　方　琅
　　　　　叶　果
封面设计　李松璋

出版发行　海天出版社
地　　址　深圳市彩田南路海天综合大厦　（518033）
网　　址　www.htph.com.cn
订购电话　0755-83460293（批发）　83460397（邮购）
设计制作　深圳市龙墨文化传播有限公司（0755-83461000）
印　　刷　深圳市华信图文印务有限公司
开　　本　889mm×1194mm　1/32
印　　张　7.625
字　　数　156千
版　　次　2014年8月第1版
印　　次　2014年8月第1次
定　　价　29.00元

郭英剑，中央民族大学外国语学院院长，教授、博士生导师。南京大学英语系博士、宾夕法尼亚大学英语系博士后、哈佛大学英语系高级研究学者。英语文学研究专家、翻译家和教育家。

# 目 录

contents

# 目　录

contents

# 目 录

contents

# 目 录

contents

# 国际视野下经典阅读期待新思路

## 中美阅读教学差距巨大

当今中国青少年的阅读现状，如果仔细探究，结果令人忧虑和不安。许多专家学者对此有很多研究和论述。在这里，我想举美国中学教育的例子，来反观我国青少年的阅读现状。

美国高中语言艺术课程中有必修的“语言艺术”类课程，其中，除了有以“语言基本功的强化训练”为主的课程之外，还有第二种：文学类课程。这类课程包括：《非裔美国文学》、《现代世界文学》、《诗歌》、《科幻小说》、《莎士比亚》、《短篇小说》等。这些课程均为一学期的课程，全都是0.5个学分。

其中，《非裔美国文学》主要研读和讨论由非裔美国作家所创作的小说、诗歌和戏剧等，并撰写评论文章。同时，会讨论有关美国的问题，如美国梦等。他们认为，美国是多元化的社会，理解少数族裔，有助于学生真正地了解美国社会。《现代世界文学》则要求学生主要阅读20世纪中期至今的各国文学作品，包括印度、南非、俄罗斯、法国以及美国的文学作品，希望使他们能够理解其他国家的文化及其价值观。设计《诗歌》这一课程的目的是让学生学着去读诗，熟悉诗歌的词汇，并试着去寻找一首诗歌永恒的意义。上课时，学生要读诗，对诗做深入的分析和探索，同时，还要学着写诗。《莎士比亚》课程则要求学生阅读莎士比亚的作品，包括他的历史剧、悲剧、喜剧等。要求学生无论是在写文章还是在做口头表述时，都能够理解莎士比亚的语言和文学手法，同时，希望学生了解各种不同的人类情感，了解人类的情感冲突。《短篇小说》围绕短篇小说的主题与结构来进行。学生除了要阅读美国和世界其他国家的短篇小说之外，自己还至少要写一篇短篇小说。

反观我们中学的语文课，我有三方面的感想：

首先，无论是古代还是现当代的中国，无疑都是诗歌的王国。到了现当代，小说创作也非常发达，出现了很多非常优秀的小说家。仅就古代的文学史而言，我们可以拿出来单独讲上一讲的诗人，岂止李白、杜甫、白居易！同样，在我们的近现代文学史上，为中国进入现代化进程以及现当代中国文学和文化的历史发展做出过杰出贡献的人，又岂止鲁迅、老舍、巴金！但在我们的整个中学教育中，即便对于上述这些人的作品，也基本上是蜻蜓点水，使学生了解的只是九牛一毛，还涉及不到“希望学生了解各种不同的人类情感，了解人类的情感冲突”这样的内容。

其次，中国是个多民族的国家，各民族之间有不同的文化和风俗习惯，同样也有不同的文学经典。但不要说中学生了，对于我们绝大多数接受过高等教育的人来说，我们对汉族之外的文学作品的了解有多少呢？

再次，无论是在讯息不发达的过去，还是在已实现全球化的今天，欲了解其他国家的文化和价值观，阅读其国家的文学作品，是达到目的的手段之一。所以，学习世界文学（或曰外国文学）对于当今需要继续对外开放的中国来说，同样是了解世界不同民族、不同文化的需要，也是途径之一。但回望我们的语文课，世界文学的内容同样是少之又少啊。

其实，稍稍深究一下，我们就能发现，美国中学的课程设置有其明晰的设计思路：第一，学习本国文学；第二，学习本国其他族裔的文学；第三，学习世界文学。同样，这样的思路想培养学生具有怎样的思想境界（我们暂且不谈它要达到或者能够达到怎样的水平），也就不言自明了。

由此我们可以看出，仅就母语教学中的阅读而言，中美之间无论是在层次上还是在数量上，都还有相当大的差距。

## 美国高中生阅读量惊人

所谓“经典”，通常指的是“传统的具有权威性的著作”。它的特点或者说特征包括：第一经久不衰，第二具有典范性或者说权威性，第三经过了历史的选择，是最有价值的书。我们通常意义上的经典阅读，读的大都是文学、哲学、历史及艺术作品等。

那么，中国青少年应该读哪些“经典之作”呢？在这里，我不想提出一个适合中国青少年阅读的书单，而是想同样举个反证，再次以美国中学生的经典阅读书目为例，使中国学者及青少年反思一下我们的阅读现状，并真正去思考我们的青少年应该去阅读哪些经典。

美国高中阶段都有所谓的AP课程，AP是英文Advanced Placement的缩写，直译为“高水平课程”或“先修课程”。这些课程不是所有人都可以上，也不是所有人都愿意上，但只要想上大学的优秀学生，一般都要选AP课程，否则，要想上好的大学，几乎无望。在AP课程中，有类似中国“语文”课的“英文”课程。

让我以位于夏威夷瓦夏娃市（Wahiawa, Hawaii）的雷乐华高级中学（Leilehua High School） “AP英语文学与写作”课程（编号为LAY6100）为例吧。该课程为一学年的课程。由于该校实行的是一学年四个学期（quarter）制，所以，这门课程的相关内容，需要在4个学期之内完成。本课程集中于阅读和分析文学作品，同时侧重写作批评性的文章（critical essays）。

这门课程都读些什么作品呢？——剧本15个，小说36部。在15部剧中，既有欧洲古典戏剧，也有现当代戏剧。

在欧洲古典戏剧中，有古希腊三大戏剧家之一的索福克勒斯的两部重要剧作《俄狄浦斯王》和《安提戈涅》，有英国文艺复兴巨匠莎士比亚的剧作4部，分别是《李尔王》、《麦克白》、《奥赛罗》和《驯悍记》，还有挪威著名剧作家易卜生的经典剧作《玩偶之家》和《海达·高布乐》，共计是8部。在当代戏剧中，有美国两位著名剧作家的作品，一位是田纳西·威廉姆斯，另一位是阿瑟·米勒。前者的作品有《玻璃动物园》和《欲望号街车》，后者则包括其代表作《熔炉》和《推销员之死》，共计4部。最后的3部作品，一部是爱尔兰剧作家、1969年诺贝尔文学奖得主塞缪尔·贝克特的两幕悲喜剧《等待戈多》，一部是当代美国戏剧家罗瑞恩·汉斯伯利影响深远的美国黑人剧作《烈日当空》，最后一部是美国戏剧家桑顿·怀尔德的《我们的小镇》。

而在36部小说中，既有英美古典名著，也有英美现代经典之作，还包括了许多当代的著名作品。

其中，英国作家8位，共选小说10部。包括：狄更斯的《双城记》与《远大前程》、哈代的《苔丝》、奥斯丁的《傲慢与偏见》、艾米利·勃朗特的《呼啸山庄》、奥维尔的《1984》、赫胥黎的《美丽新世界》、康拉德的《基姆爷》、《黑暗之心》以及诺贝尔奖金获得者戈尔丁的《蝇王》。

美国作家有22位，共选小说25部。包括：霍桑的《红字》，麦尔维尔的《白鲸》，马克·吐温的《哈克·贝利费恩历险记》，斯坦贝克的《人鼠之间》、《愤怒的葡萄》与《珍珠》，肖邦的《觉醒》，普拉斯的《钟形罩》，海明威的《老人与海》，菲茨杰拉德的《了不起的盖茨比》，福克纳的《我弥留之际》与《喧哗与骚动》，赛珍珠的《大地》，赖特的《土生子》等古典与现代文学史上的名家名作，还有莫里森的作品《宠儿》、艾米·谭的《喜福会》、伯恩斯的《小城风波》、安吉罗的自传体小说《我知道笼中的鸟为何歌唱》、赫斯顿的《凝望上帝》、沃克的《紫色》、海勒的《第二十二条军规》、冯内古特的《第五号屠场》、卡波特的《冷血》、凯瑟的

《我的安东妮亚》以及艾考特的《小妇人》等当代美国文学杰出作家的代表作。在这个书单中，唯一属于英美之外的作家作品，是尼日利亚作家阿切贝的《瓦解》。

请注意，在上述作家中，有众多的诺贝尔文学奖得主，如：贝克特、斯坦贝克、海明威、福克纳、赛珍珠、莫里森等。当然了，学生们不仅要阅读这些作品，他们通过上课与讨论还要学习一些文学流派，如：古典主义、现实主义、浪漫主义、印象主义、表现主义、自然主义、超验主义、现代主义、后现代主义、荒诞派等等。

一点都不夸张，我们当今的大学生，即便是英语专业的大学生，在大学学习期间也是接触不到上述作品的。当然了，人们可能会说，美国的高中生，“母语”是“英语”，阅读这些作品应该不成问题。我认为这话说得有道理。但我想问的问题是：在中国的高中“语文”课学习中，在一年之内，我们是否会要求我们的“母语”是“汉语”的学生，去阅读用“汉语”写成的15个剧本和36部小说呢？

更不要忘记的是，我上述所罗列的仅只是该课程的“第一个学期”所要学习的内容。在第二学期，除了增加了福克纳的长篇小说《八月之光》和夏威夷日裔女作家路易丝—安·山中的一部小说之外，主要设置了一个“诗歌单元”，要学习包括莎士比亚、拜伦、奥登、华兹华斯、雪莱等17位诗人的23首诗歌。第三学期增加了赛林格的长篇小说《麦田里的守望者》、萧伯纳的戏剧《卖花女》和莎士比亚的名剧《暴风雨》。第四学期增加了当代英国重要剧作家彼得·谢弗的剧本《伊库斯》。

相信人们看到美国中学生要阅读这么多的经典文学作品，一定会很感慨甚至很震惊。但我认为，其更为重要的价值在于，对我国经典阅读的努力方向具有启迪意义。

## 阅读经典，关乎人的教育

当然，现在的问题是，青少年课业负担重、升学压力大、课余时间少，一来没有时间读，二来觉得经典读物比如《红楼梦》、《水浒传》（更不要提更加古老一些的作品）等的语言晦涩难懂、内容似乎也远离现实，这似乎自然而然地会让学生更倾向于去看散文、漫画或武侠作品，这些应该更加轻松有趣一些。

其实，这种认识存在着几个误区：

首先，关于语言的晦涩难懂。我认为，若以古文为例，我们必须认识到，为什么要在中学阶段让青少年学习古文？因为那些用古文书写的作品，就是中国历史和文化传统的承载者。对于身处这个时代的每一个青少年来说，这是你必须要去掌握的。我们并没有教给学生甲骨文，而作为学生，作为国家未来的栋梁，应该能够阅读像《红楼梦》这样的作品。我们是不是可以这样说：读不懂经典不是经典的错，而是你的错。

其次，关于内容的脱离现实。我认为，经典之所以为经典，就是因为她所具有的一种普世的价值和意义。关键要看我们如何去引导了。其实，很多经典作品所讨论的问题，至今依然具有现实意义。

再次，如何看待难读、难懂的作品。当听到有学生抱怨经典作品难读、难懂的时候，我会问他们："你愿意再去读小学吗？"答案显然是否定的。一个真正想要学知识、长智慧的人，必然要经过阅读中的难读、难懂的阶段才能够真正有所进步。这样的道理，我们应该讲给青少年听。

我说过，人生太短，好书太多，我们只能去阅读经典。经典作品微言大义，不仅能够使人从中悟出为人处世以及在这个世界上生存的大道理，也能对我们的现实生活具有一定的指导意义。而对于青少年来说，经典阅读的重大意义和价值在于，它是在着眼未来地解决当下的问题。说白了，阅读经典关乎人的教育，要解决的是未来成为什么样的人，怎样去应对未来的变化，如何成为一名合格的公民等问题。经典阅读往往能够引发人们宁静的感悟和睿智的思考，更能使人学着去明辨是非、甄别善恶，区分正义与非正义，并且教人从有用之中发现高贵与美。

其实，重视青少年阅读甚至幼儿阅读，在世界上的很多国家几乎已经成为一种共识。据《中国阅读——全面阅读蓝皮书（第一卷）》（中国书籍出版社/海天出版社，2009）中的有关调查显示，英国在1992年提出并开始实施"阅读起跑线"计划，"该计划是世界上第一个专为学龄前儿童提供阅读指导服务的全球性计划"，目的是"让每一个英国儿童都能够在早期阅读中受益"，"培养他们对阅读的终身爱好"。而参与该计划的国家包括：日本、韩国、泰国、澳大利亚、美国、智利、意大利、墨西哥、波兰、南非和印度等。在美国，1997年，联邦政府发起了一场"阅读挑战行动”，时任总统克林顿亲自做报告。2001年，时任总统布什发布了《不让一个孩子掉队》的教育改革法案，提出美国分为“能阅读与不能阅读”两个民族。联邦政府除了在教育改革中投入了巨额资金外，在有关阅读的活动中，同样投入了大量的经费。

从上述有关阅读理念和活动的背后，我们可以清晰地感触到一种核心的价值观与理念，那就是：青少年的阅读，负载着伟大的使命，关乎国家的前途和未来。而要完成这样的使命，需要全社会为此做出努力。因此，我认为：全身心投入阅读，是青少年的义务；教会学生阅读，乃是教师义不容辞的职责；把阅读放在重要位置甚至首要位置，一定要成为学校课程建设的重要目标；敞开大门、吸引青少年阅读，则应成为图书馆、博物馆的立身之本；而让青少年因阅读而成长、因阅读而成才，则是政府和全社会的历史使命。

## 阅读、思考、写作，缺一不可

值得注意的是，青少年阅读，应该按其不同的成长时期进行分类，而在不同的时期，应该有不同的阅读书目。在我看来，青少年大体上应该分为三个时期：第一，在校学习时期（包括中学、大学乃至研究生阶段）；第二，在校的课外时期；第三，学校教育结束之后的时期。

针对阅读内容，很多专家、出版社都提出过很好的建议，并且都有十分详实的书单，若能按照上述分类，我们不难找到与青少年各个时期相对应的阅读书目。对此，我不再赘言。

然而，在我看来，当今中国，对于“怎么读”存在着诸多严重的问题。主要表现在以下三个方面：

第一，在提倡阅读的时候，忽视了阅读的群体分类。无论是从国家的层面上，在教育教学的体制内，抑或是从全社会的角度，提出“全民阅读”都是非常正确的。但就阅读而言，还是应该把阅读的群体进行分类。群体的不同，阅读的取向、目标和目的都不相同，一概而论难以奏效。而且我认为，在倡导全民阅读的时候，应该重点突出青少年的阅读，并且对青少年的阅读提出更加具体的指向和指导。

第二，在强调阅读的时候，忽视了思考。翻看国内已经举办过的、正在举办的各种大型阅读活动，都只见阅读而罕见思想。尤其是近年来，为了提高青少年乃至全民的阅读兴趣，“阅读”逐步变成了“悦读”。对此，我一直都持怀疑态度，也有深深的质疑和忧虑。提出这一转变的出发点或许无可指责，但我认为，若过分强调“悦读”，会严重忽略阅读与思考之间唇齿相依的紧密关系。因为阅读不仅仅带给人愉悦，它应该甚至更多的是带给人思考，将阅读纯粹降低到一种使人感觉到愉悦的程度削弱了阅读的力量，更削弱了阅读能够带给人的那样一种思想的深刻。我们不应忘记的是，阅读背后有思考，阅读之后也会带给人们思考。

第三，在倡导阅读的时候，忽视了写作。我以为，倡导阅读，不能忽略写作，这一点，对青少年尤其重要。让我再举一个美国中学教育的例子。在AP课程中有关英语语言的学习，大都是与写作联系在一起的。比如有“英语语言与写作”、“英语文学与写作”等课程。美国教育界认为，开设这类课程有两个基本目的，即既要学生精于“读”，也要学生精于“写”。所谓“读”，是要培养学生熟悉各种时期、多种学科、不同修辞语境的文章；所谓“写”，是要训练学生在各种情势下用书面语言表达自己。在这类课上学习阅读与写作，都要求学生有一种阅读与写作的敏感性，要意识到作者的写作目的、读者的期待、谈论的主题、语言如何表述以及如何成为精彩文章等等问题。由此我们可以看出这样一个特点：阅读是“基础”，写作是“重点”，而一切的主旨在于“交流”。这对中国的学校教育，特别是阅读教育，应该具有启发意义。

总之，我特别想提倡的一个观点是：就各级学校教育而言，应该把写作摆在与阅读同等重要的位置上；而对于整个青少年群体来说，阅读，应该与思考、写作相提并论。

在发达国家，阅读是一种习惯和一种生活方式。在中国，我们应该从教育青少年开始，逐步使阅读同样成为一种习惯和一种生活方式。

# 碎片故事中的大千世界

## ——2013年诺贝尔文学奖得主爱丽丝·门罗及其作品

作家爱丽丝·门罗

2013年10月10日，在加拿大温哥华的一个小镇上。美国东部时间早上7点，当地时间则是凌晨4点，有位老人正在梦乡之中，来自大洋彼岸的电话铃声，未能惊醒熟睡中的她。于是，瑞典文学院常任秘书彼得·恩隆德（Peter Englund）先生，只好在电话录音上留了言：恭喜您，获得了2013年的诺贝尔文学奖！

夜半电话留言，喜讯从天而降。正是这个留言，让整个世界聚焦在了这个小镇，也让整个加拿大为之欣喜若狂：新科诺贝尔文学奖得主，在这个国家诞生了！

如今已经82岁高龄的爱丽丝·门罗（Alice Munro），就此成为加拿大自1976年（加拿大出生、后来移居美国的作家索尔·贝娄获得诺贝尔文学奖）以来的首位获奖者，也是加拿大历史上首次获此大奖的女性作家。

被女儿叫醒的门罗在听到这个消息后向记者坦诚，虽然知道自己是在候选之列，但从来没有想到过自己真的能够入选，甚至把它称为是“白日梦”。是的，在候选人中，具有强大竞争力的对手就有：菲利普·罗斯（Philip Roth）、乔伊斯·欧茨（Joyce Carol Oates）、托马斯·品钦（Thomas Pynchon），等等。因此，当真的消息传来时，门罗尽管感到非常惊讶，但也兴奋之极。

恩隆德在评价门罗时称，短篇小说一直掩映在长篇小说的光芒中，而门罗使这一艺术形式达到了近乎完美的境地。且在其精致的故事叙述中，透露出了简洁明快与心理现实主义的特征。

## 疯狂写作的“家庭主妇”

门罗出生于1931年，在青少年时期，就开始迷恋创作。1949年，她入西安大略大学（University of Western Ontario）攻读英语专业。第二年，发表了第一个短篇小说《阴影的大小》（*The Dimensions of a Shadow*）。在校期间，她曾经到餐馆打工，到图书馆当管理员。由于大学的奖学金只有两年时间，于是在1951年，她退了学，嫁给了詹姆斯·门罗（James Munro），从此有了自己的家。接着，他们在1953年、1955年和1957年，分别有了三个孩子，但第二个孩子出世后不久便不幸去世。

1963年，这对年轻的夫妇搬到了英属哥伦比亚的省府所在地维多利亚（Victoria），在那里开办了一家“门罗书店”（Munro's Books）——该书店至今还在。1966年，他们的又一个孩子出生。

门罗一直否认自己是一位知识分子，而总把自己当作是家庭主妇（housewife）。她曾说：“我只是一位还说得过去的家庭主妇，但也做得一般。”而作为家庭主妇，写作并不是一件容易之事。当第一个孩子诞生时，她才开始写作自己的第二个短篇。那时，门罗拼命写作，即便是在怀孕中也丝毫不例外，因为她担心从此就不能写作了。她甚至把每一次怀孕，都视为自我鞭策的机会，从而抱有更大的写作野心。她的写作时间，就是在孩子中午1点到3点的午睡时间，而等到孩子稍大一些，就是孩子在上学之后。所以，门罗承认，那些年，自己写作非常辛苦，因为她不仅要带孩子，要做家务，还要和丈夫一起打理书店。门罗常常为了写作，熬夜到凌晨1点，然后早晨6点就起来，开始新的一天。她说，自己当时还不到40岁，甚至以为自己会得心脏病死掉，这太可怕了。但即便如此，她还是坚持每天要写几页的内容才罢休。门罗回忆说，自己清晰地记得某年一月份的星期天到书店去。而星期天书店是不开门的，她把自己锁在书店内。当天，自己的丈夫应承了要做晚饭，因此，她就拥有了一整个下午的时间来写作。“我记得，当时我环顾左右，看着周围那些伟大的文学作品，我在想，你这个傻瓜！你这是在干什么？但接着我就到办公室继续写作了……”正是靠了这份执着甚至是疯狂，门罗才有了后来的杰出成就。

虽然门罗早在19岁时就发表了第一个短篇小说，但她的第一部短篇小说集《快乐影子之舞》(*Dance of the Happy Shades*)出版时，已经是1968年了，那时，门罗37岁。但正是这部小说集，把这位家庭主妇送上了加拿大最高文学奖——总督奖(Governor General's Prize)的领奖台。这个奖项，相当于美国的普利策奖，在加拿大很有分量。从此，她也正式步入了职业作家的行列。

门罗夫妇于1972年离婚。第二年，门罗返回安大略省(Ontario)，曾经一度在西安大略大学担任驻校作家。1976年，门罗与一位地理学家杰拉德·弗莱姆林(Gerald Fremlin)结为夫妻，但保留其第一任丈夫的姓。后来两人搬到了安大略省的克林顿镇(Clinton)，一直住到现在。

在第一部短篇小说集获得成功的10年之后，1978年，门罗因其《你以为你是谁？》(*Who Do You Think You Are?*)而再度荣膺总督奖。那个时候，门罗已经是蜚声加拿大的名作家了。

在1979年到1982年的三年间，门罗曾经外出旅游，到过澳大利亚、北欧等地，也曾在1981年的6—7月间，与其他6位加拿大作家一道，访问过中国。在7位作家随后出版的《加华大：七人帮中国游记》(*Chinada: Memoirs of the Gang of Seven*, 1982)中，记载有门罗所写的中国游记《透过玉帘》。

1980年，门罗曾经在英属哥伦比亚大学(University of British Columbia)和昆士兰大学(University of Queensland)担任驻校作家。而在此后的20年中，她几乎每隔四年，就会出版一部短篇小说集。

门罗的小说主要刊登在《纽约客》(*New Yorker*)、《大西洋月刊》(*Atlantic Monthly*)、《巴黎评论》(*Paris Review*)这些著名的刊物上，然后结集出版。自1960年以来，她出版有15种短篇小说集(其中，包括一本作品选集)。其作品曾经荣获美国书评家协会奖(National Book Critics Circle Prize, 1998)、三度荣获加拿大总督奖(1968, 1978, 1986)。2009年，门罗荣获布克国际终身成就奖(Man Booker International Prize)。她的多部短篇小说还曾经被改编成影视剧。门罗的作品经常入选《美国最佳短篇小说选》(*Best American Short Stories*)，在美国具有相当的知名度。她也是美国艺术与人文学院(American Academy of Arts and Letters)的外籍荣誉院士。

门罗曾说，正是由于只把自己当作是“一个女人、一名家庭主妇、一位母亲”，所以才会有了足够的时间。即便是成名之后，门罗也每天都写作，而且每周写作7天，最少每天都要从早上8点，写作到11点。如果自认为有需要改动的地方，那就会花费更多的时间。她认为，写作，就像散步一样，是每天都要去做的事情。

2012年，门罗的最新短篇小说集《宝贵生活》(*Dear Life*)出版。她曾说，这是她最后的一部作品，她即将封笔。实际上，早在2009年时，门罗就对外宣布自己身患癌症，心脏也有问题。而且，门罗并不经常在公共场合露面。但此次荣膺诺贝尔文学奖，则将这位偏于一隅的作家推到了世界中心的位置，也一举奠定了其在世界文学中

《宝贵生活》

的历史地位。

## 通向文学巅峰的五部杰作

门罗算得上是个高产作家，如果不包括那部作品选集，迄今为止她已经出版有14部短篇小说集。虽然对作品可以见仁见智，但通常人们认为，有5部作品集，是使门罗进入国际知名作家之列，也是其摘取世界文学桂冠的代表作。

第一部是《快乐影子之舞》(1968)，这部总共有14个短篇小说的集子，是门罗的成名作。这部作品跨度很大，从作者21岁开始写起，一直到30多岁为止。大约持续了15年之久。该作品以作者的生长地安大略省的小镇为背景，细致地描写了少女成长中的困惑、女子生活中的爱恨情仇等，其故事背景多为20世纪40年代和50年代。虽说如此，这些故事也有其普世之处，作品中的小镇，也可能是世界上的任何地方。需要注意的是，这部作品出版于1968年，而20世纪60年代，正是欧美风云突变的时代，巴黎的五月革命，学生运动风起云涌，而在大洋彼岸则是大规模的反对越战的示威游行活动。而在加拿大，很多文化艺术新人都在涌现之中。而这些，在门罗的作品中，却几乎没有体现。换句话说，喧嚣的20世纪60年代，似乎对门罗没有影响，其人物似乎也与时代脱节。但这也从反面说明了门罗的生花妙笔，不然，像这样的作品很快就会被时代所遗忘。

第二部是《少女和女人的生活》(*Lives of Girls and*

*Women*, 1971)，共有8个短篇。这是一部有着内在联系的短篇小说集，主要围绕着主人公黛儿·乔丹（Del Jordan）来展开，因此，常常被人当作长篇小说来看待。但就作者而言，这就是短篇小说集，而非长篇小说。该小说集可以看作是黛儿的一部成长史，最开始居于南安大略省的小镇边缘，后来居于中心。黛儿最初也是一位局外人的形象，对小镇的生活极为不满，为此，甚至拒绝承认自己与母亲的相似之处，实际上也就是拒绝一种对地方的认同感。

第三部是《你以为你是谁？》（1978），该书在国外出版时，以《乞丐女郎》（*The Beggar Maid*）为题，总共有10个短篇。故事主要围绕着两位女性——弗洛（Flo）和她的继女罗斯（Rose）——来开展。这部作品也往往被误认为是长篇小说，而且，这部作品也总会使人联想到作者的第一部短篇集。小说围绕着两个人物，探讨了女性与其所养育的子女之间的关系，少女与对自己的生活有深远影响的女人之间的关系。在作品中，读者可以明显看到罗斯的成长历程。

第四部是《一个善良女子的爱》（*The Love of a Good Woman*, 1988），共有8个短篇。这是一部深受批评家喜欢的作品集，主要探讨了众多主题，诸如：秘密、爱情、背叛以及日常生活中的是是非非。像爱的幻想、激情导向意想不到的结局、事情总是呈现出混乱的局面，世俗人心总是带有奇怪而又好笑的欲望这类主题交替出现。这些，都构成了这部作品的独特之处。

第五部是《宝贵生活》（2012），包括14个短篇。所谓宝贵（dear），在此有两层意思：一为珍贵，表达了作者对生活的珍惜之意；二为昂贵，既说明生活的高额支出，也表明生活有时候需要付出巨大的代价。在这些作品中，门罗再度向读者呈现了家乡的田园风光，对普通人生活以及人性的深度挖掘。应该说，在这些作品中，作者的创作是有别于其早期作品的地方，如一些女性摆脱了生活的枷锁，做出了一些反传统的举动，同时她们也付出了代价，不是遭到丈夫的抛弃，就是丈夫背叛了她们。特别值得关注的是，门罗自己说："在《宝贵生活》中，有4个短篇并非故事……而是带有自传色彩的感觉，但事实上也不完全是这样。"但同题的《宝贵生活》最初发表在《纽约客》上时，就写明为回忆录（memoir），而非短篇小说。这几个短篇都是片段，时而是回忆的口吻，时而又是理解的态度，在谈论着作者的童年生活。

## 平凡生活之美

门罗的写作与其个人生活密切相关，但她以完整地反映人类精神而著称，不断探讨人类的困境。若简单按照作品反映的时间来划分，门罗的创作可以以20世纪60年代的社会变革为分界线。她的创作思想以及作品主题都反映了这一时期前后的巨大变化。其作品，也总是能够展现出在青年时期的门罗，与其20世纪60年代社会变革之后的生活间的巨大差异。2003年，门罗在接受采访中曾经说，20世纪60年代社会环境的那种随性和宽容，真是"太好了"。她说："我出生于1931年，60年代的时候，我有点老了，但还没那么老，而像我这样的女人就可以身着超短裙而在大街上昂首阔步。”由此可见那段历史对于门罗的影响之深。

在门罗看来，主题无大小之分。其创作主要是挖掘人性的复杂性，其艺术手法之高明，被批评家认为是具有看不出雕琢痕迹的一种创作风格。门罗的笔触指向极为明确，就是普通人的普通生活。因此，其创作主题有其前后衔接、首尾相依的地方。而特别值得关注的是，门罗的主题始终与女性所面临的困境有关，且着力刻画了安大略省小镇居民的女性形象及其生活状态。从大的方面讲，无非是爱情与生活的主题，且往往是两者的失落乃至于失败；但小而言之则主要有：爱与性、家庭关系、责任与自由、阶级冲突、成长与变老等主题，相互交织，反复呈现。

由此，读者可以看到女性成长的发展轨迹。从一开始展现少女在成长中处于进退两难的境地，描写她们如何与家人相处，如何设法逃离所居住的小镇或者在其中寻找自己的位置，到后来书写中年女性生活的艰辛、养育子女的困苦，再到后来描写女性人到老年的孤独与悲伤。可以说，从门罗的作品中，我们大体上可以归纳出一个女性一生成长的轨迹，也能隐约体会到作者对女性成长过程从青年到老年的那种深度思考。换句话说，透过作者的表面故事，我们看到的是门罗对当代人类生存状态复杂性的深入挖掘和心理描写。

## 三大创作特征

在我看来，若简单论述，门罗的创作有三大特征：

第一，突出的女性形象。门罗的女性形象，又可以分为少女形象和女人形象。

门罗曾经以自己的亲身经历，写作了众多的少女形象。这些少女都经历了从少女到恋爱结婚、到为人妻和为人母的经历，总是在生活中四处寻找意义。而每当她们意识到性的力量以及巨大的潜在混乱时，意识到性别角色的复杂性时，意识到自己身处的社会关系时，往往是其走到人生关键时刻之际。而这一时刻，往往与作者无情地解剖家庭关系融汇在一起。像在《少男少女》（*Boys and Girls*）中，那位用第一人称讲述故事的少女从小就把自己看作是父亲的帮手，帮着干农活，等等。但随着她进入青春期，女性意识在觉醒，自己过去对自己的男性定位也受到了家庭和社会的质疑。她最终意识到了，自己“就是一个少女啊”。

门罗还将多个母亲形象写入到作品中，那些形象给人极为真实的感觉。其实，在门罗的作品中，她总是把自己的母亲形象当作是自己生活中的中心题材。而在《宝贵生活》中带有自传色彩的，4部短篇中，门罗母亲的形象就更为突出了。她的个人生活令人悲伤，对她个人来说也很不公平，而她也敢于去面对命运，同时，在对待自己的女儿问题上，她却未能给她提供良好的引导。门罗曾把自己的外婆乃至叔祖母等形象写入到作品之中。因为这些人物在其少女时期，比自己的母亲起了更大的作用。在作者对男性与女性的认识中，《太多的欢乐》（*Too Much Happiness*）中有一段话或许可以代表作者对男女之别的认识："要牢牢记住，男人走出房门的时候，他就把一切都丢到了脑后……而女人走出去的时候，却把房间中所发生的一切都带在了身边。"我想，这形象地说明了女性在生活中，特别是在婚姻中的挣扎与困境。

第二，鲜明的地域特色。门罗的创作背景就是其所生长的安大略省，具体而言是其下辖的休伦县（Huron County）中的一些小镇。在门罗80多年的人生历程中，除了有十多年生活在温哥华等地之外，其余绝大部分时间都居住在安大略省西部的小镇上。而她写作的一大特征，就是其作品总是围绕着小镇及小镇上的人物而展开。这一点，与中国作家莫言着重写作山东高密如出一辙。门罗认为，这里的地方文化对自己有着巨大的影响。一个人一旦在一个小镇中居住久了，就会听到各种各样的故事，也会见识各色人等。其多数小说中的人物都来自她所居住的小城镇。需要注意的是，正如福克纳一样，虽然自己的人物局限于一个小小的城镇，但这不仅没有限制，反倒是激发了作者的想象力。我们既能看到其精彩的现实书写，也能在那些安静而平凡的描写中，不时地发现一些新鲜的意象或者新式的人物、耀眼的物体、闪光的思想，照亮了整个场景。如在《海边旅行》（*A Trip to the Coast*）中有这样一段描写："天空泛白、凉爽，亮光横扫过来，照亮了天际，仿佛就在一个贝壳之中。"像这样对人物、场景和人的状态的细致入微的描写，在作品中比比皆是。

第三，全知的叙事模式。门罗作品中的主人公基本上属于全知全能型的人物，他们似乎了解一切，向人们诉说着人世间的一切。有批评家经常把门罗的这一创作特色，与美国南方作家相提并论。这不无道理，但就其人物而言，门罗笔下的主人公似乎更加复杂多变一些。也有人将其创作风格归结为“南安大略的哥特小说”（Southern Ontario Gothic）。其写作喜欢使用第一人称的叙述方式。门罗的故事发展，与契诃夫有类似之处，情节居于次位，甚至有时候也没有大的事件发生。但正如有些批评家所指出的那样，由于其简洁明快、细致入微的细节描写，总会促使读者有幡然领悟的那一刻，或者在恍惚之间得到一种启示。

总体而言，门罗的创作可以说是一种历史性与纪实性的写作。其作品既可以从其个人生活中找到发展脉络，也可以看到其生活中的人和事的影子。她曾说，自己从来不会为自己的写作素材而担心。是的，她的家乡就是她取之不尽，用之不竭的文学源泉。

## 当代短篇小说大师

2013年的诺贝尔文学奖应该是开创了一个先例，即第一次把这顶桂冠授予一个专事短篇小说创作甚至并无其他文学创作形式的作家。

我们都知道，在文学世界中，长篇小说一直都是文学的最重要的表现形式，也几乎是众多大作家的首选文学表达方式。而短篇小说则往往难以被作家所看重，一般被认为是杂志所青睐的文学形式，甚至被有些作家认为是业余消遣时的副产品，即便是结集出版的小说集，往往也不受批评家和大众的重视。而门罗的创作形式恰恰就是短篇小说，迄今为止，也未有其他形式的文学作品问世。那么，她为什么要选择短篇小说的表现形式呢？

我以为，门罗对自己的认识与定位极其清楚。比如，她认为，自己生长于边缘地带，同时，也很高兴自己处于一种非主流的写作状态。如果不是自己的边缘化，自己或许没有这样的信心，也难以取得今天的成就。再比如，作为诺贝尔文学奖112年历史上的第13位女性作家，同时创作又以女性为主，加上其创作中的某些特征，门罗自然会被人们认为是一位女权主义者，或者是有女权倾向的作家。但门罗对此持否定态度。她说，自己从来没有想过要当一名女权主义作家，因为自己并不那样去看问题。

因此，就其文学创作形式而言，短篇小说无疑是门罗的一个正确的自主选择。当然，她也曾很谦虚地在接受采访时表示，自己之所以能够在短篇小说创作中取得成功，也许是因为自己没有其他方面的才能。同时，她也坦承，自己曾经尝试过写作长篇小说，但后来感到，自己的文学思维并不是那样的，因此，很快放弃了。

但需要注意的是，她的确曾写过一些内容连贯的故事，比如除了上文提到的两部短篇小说集外，还有《公开的秘密》（Open Secrets），其中的主人公也是反复出现，因此，总会被人当作是长篇小说来看待。门罗自己也承认，她喜欢这样的写作方式。她引用凯瑟琳·曼斯菲尔德（Katherine Mansfield）的话说，哦，我多希望自己写一本长篇小说啊，我可不希望自己死后留下的都是些碎片而已。门罗也说，自己很难断了这样身后留下的只是一些碎片般的故事的念想，即使人们夸你是契诃夫，但自己也还是会有那种感觉：不过是创作了一些零零碎碎的故事罢了。

虽说如此，从门罗将自己的表达形式锁定在短篇小说，并将这一文学形式发扬光大，使其同样完美地表达了作者的心声上看，足以显示出其对自己短篇小说创作的信心，也彰显了自己使用短篇小说的形式足以反映个人思想的信心。从她把自己每次的写作视为一次恋爱，就可以看出其感情之投入。

虽然门罗一直自认为是家庭主妇，但由于其出色的短篇小说创作，而被人称为短篇小说大师，更被批评家称为“当代契诃夫”，那么，“当代契诃夫”这个称呼究竟意味着什么呢？

我以为，首先，应该是对门罗短篇小说创作的高度评价，认为她已经进入到了世界一流短篇小说家的行列之中。其次，门罗以其家乡为背景的创作如此精彩，她笔下的那片土地完全可以像“契诃夫的村庄”、福克纳的“约克纳帕塔法县”、莫言的“高密县”那样，成为“门罗之镇”。再次，门罗对作品的人物毫无先入为主的看法，同时，更主要的是，其作品既不穿插意识形态，也无太多政治因素的考量，而只是平实地反映小镇中的女性形象，讲述那里所发生的甚至并不惊心动魄的日常故事，同样使其作品具有了文学之美。

门罗的作品富有洞见，具有怜悯之心，虽然深入探讨了众多人物的日常生活及其人物特性，但很少把自己的评价加诸人物身上，而是留待读者去思考。就艺术创作手法而言，门罗的故事不重故事情节，但引人思考。在小说的开始部分，作者也并不安排任何未来的故事会向何处发展的暗示。为此，有批评家认为，这样一种叙述方式在缓慢地行进中突然就转了向，给读者留下了思考的余地。而有的时候，作者则通过一个奇怪的字眼而结束全文，让读者回味无穷。仍以《海边旅行》为例，该小说讲述了11岁的梅（May）与其外婆的故事。当外婆在最后死去的时候，作者用了一个词“victorious”（胜利、凯旋之意）。这就不能不引发读者去深思，为什么作者要以这个词来结尾？是想说明她就此解脱了，还是说梅的生活到头了，抑或有别的原因？这些，都值得读者深入思考。

## 创作启示

从门罗的创作中，在我看来，我们至少可以得出如下三个方面的启示：

首先，身为作家，一个人的出身并不重要，身处的环境也不重要，关键在于一个人是否有敏锐的观察力、是否有矢志不渝地做一件事的恒心。门罗的父亲是位农民，母亲是位教师，两人都不是作家，也无法对其进行指导。而且在现实生活中，其父母对她的很多影响甚至相当负面。门罗身处的小镇也并非文学小镇，不过是世俗的大众社会之角罢了。她曾经谈到自己的写作时说，只要大家努力工作，都可以做得到。从门罗持续不断的努力，我们看到的是坚毅和力量。

其次，文学创作的形式，并不是最重要的，就连主题也不必非宏大不可，完全可以是小镇上的那些凡人琐事，重要的是文学能否反映人世间那份普遍的情感，能否去思考人生的变幻莫测所带给人的种种困惑。正如有的批评家所认为的那样，门罗写不写长篇小说并无太大意义，因为，从她的短篇小说中，我们可以读到在长篇小说中想要的一切。因此，文学，只要能够真实反映人性，无论长短，都能够为世人所赏识。

再次，文学可以关乎政治，也可以关乎民族，这些都可以使文学走向世界；同样，文学单纯表现个人，单纯反映一隅，单纯描写人性，同样也可以堂而皇之地进入世界文学的最高殿堂。在评论门罗时，有人称其属于心理现实主义，有人说其属于家庭现实主义，也有人说其属于魔幻现实主义，但无论其属于何种主义，无论其用何种研究方法，文学，就是文学。即便是在一个多元化、全球化、网络化的时代，文学，依旧应该保持其反映人性这一最基本的特征。

阅读门罗，我们大体上可以感触到人生之不确定与世事之变幻莫测。有批评家说，我们从门罗的作品中看到的无不是逼真的人和事，这不是模仿，它就是现实，就是我们人类本身。或许，这，正是门罗作品的意义所在。

# 最近20年中的美国“十佳小说”

Listverse.com是一个专门评选“十佳”的网上数据库，在西方深受人们的欢迎，其在人文社科及文学艺术领域中的“十佳”评选为广大读者所认可和接受。2010年10月，该网站评选出了美国最近20年来的“十佳小说”。这些小说可以说是1990—2010年这20年间在美国为人所公认的10部最佳作品。其中有几部为中国学术界所熟知，但其中有一些也还没有中译本，学术界少有研究，读书界也缺乏了解。本文将逐一对这10部作品做简要介绍，以飨读者。

这“十佳小说”的排列顺序为：

1.《无尽的玩笑》
2.《烟树》
3.《奥斯卡·瓦奥短暂而奇妙的一生》
4.《强震》
5.《吸引法则》
6.《路》
7.《爱不再回来》
8.《书页之屋》
9.《搏击俱乐部》
10.《火炬之乐》

## 1.《无尽的玩笑》

《无尽的玩笑》

《无尽的玩笑》(*Infinite Jest*, 1996),作者是大名鼎鼎的美国作家大卫·福斯特·华莱士(David Foster Wallace, 1962—2008)。他是著名的小说家、随笔作家和大学教授,一生出版了3部小说、3部短篇小说集,发表了大量的随笔及其他文章,获得过多项文坛大奖。

该小说的题目"无尽的玩笑",是莎士比亚的名剧《哈姆雷特》中的主人公哈姆雷特在剧中所说的一句话。故事的大背景:未来的"北美国"(North America)——一个由美国、加拿大和墨西哥联合组成的北美洲国家组织。主要场景设在波士顿郊区。小说主要围绕一份丢失了的电影胶片展开,而这部电影的名字就是《无尽的玩笑》,是大师因卡恩丹扎自杀前的惊世之作。凡是看过这部电影的人无不为之沉迷,忍不住一遍又一遍地反复观看,觉得除此之外,人生了无生趣。魁北克的分裂分子极力想要获得电影带的原版,目的是用以协助其恐怖活动来对付美国;而美国又竭力要截获整个电影胶片的母带,目的是防止电影的大范围传播和维护北美国的稳定。一场争夺电影胶片的大战就此开始。沉溺上瘾是小说的一个重要主题,其中包括毒品成瘾、吗啡成瘾、喝酒成瘾、性爱成瘾、运动成瘾、洁癖等，均在故事中有所体现。很多读者认为，这部小说对于毒瘾发作的描述，完全可以称得上是小说类和非小说类作品中最真实的记录。

由于华莱士在2008年自杀身亡，他的这部长篇《无尽的玩笑》遂成了他的代表作。该小说曾经荣登美国多家“最佳图书”榜单，并被美国《时代》周刊选入“有史以来最伟大的百本英语小说（1923—2006）”。华莱士本人更是被誉为“过去20年最具影响力和创新精神的小说家”之一。将华莱士推为本榜单第一名，可谓实至名归。

## 2.《烟树》

《烟树》

《烟树》(*Tree of Smoke*, 2007)是一部关于越南战争的小说,时间跨度长达20年,但故事主要发生在1963—1970年间。小说讲述了美国中情局特工斯基普·桑兹同他的叔叔弗朗西斯·桑兹如何在越南战争中实施代号为"烟树"的间谍计划。小说的题目即取自这项计划。故事中的其他人物还包括寡居的加拿大女护士、普通士兵比尔和詹姆士兄弟、菲律宾的牧师、越南歼敌机飞行员、来自德国的暗杀者和反越共分子约翰·韦恩。作者正是通过每个人物的不同视角,探讨了越南战争的实质,再现了战争对人类灵魂的影响。

《烟树》曾经获得美国国家图书最佳小说奖,小说的作者丹尼斯·约翰逊(Denis Johnson)是美国著名小说家、剧作家和诗人,现年62岁。他的代表作还有短篇小说集《耶稣之子》(*Jesus' Son*, 1992)。

## 3.《奥斯卡·瓦奥短暂而奇妙的一生》

《奥斯卡·瓦奥短暂而奇妙的一生》

《奥斯卡·瓦奥短暂而奇妙的一生》(*The Brief Wondrous Life of Oscar Wao*, 2007)的作者是朱诺·迪亚兹(Junot Diaz),这位多米尼加裔美国小说家和教授,现年43岁,目前在美国名校麻省理工学院教授文学创作。1996年,他凭借短篇小说集《沉溺》(*Drown*, 1996)一举成名,但轰动文坛的还是他2007年出版的首部长篇小说《奥斯卡·瓦奥短暂而奇妙的一生》。

迪亚兹的作品多以移民经历为题材,上榜小说也不例外。《奥斯卡·瓦奥短暂而奇妙的一生》讲述了一个多米尼加裔美国家庭几代人的故事,围绕着他们在多米尼加共和国的抗争以及来到美国后仍然摆脱不掉的厄运展开。小说的主人公奥斯卡因为生长于美国,所以和移民而来的家人不一样,他是个体重达到300磅的胖男孩儿,对科幻小说十分着迷,并极度渴望谈恋爱。他不断寻找着爱情,却一次又一次地遭到女孩子们的拒绝。小说的中间部分也涉及奥斯卡的母亲和外公早年在多米尼加共和国时所发生的一些故事。

迪亚兹在小说中将历史、民间故事、幽默、爱情、死亡、革命、独裁统治等多种元素糅合在一起，探讨了民族散居、移民身份、压迫和男子气概等主题。这部精彩的作品一经出版立即受到读者和批评界的好评，不但频频登上2007年度最佳图书的各大榜单，更是荣获了普利策小说奖和美国全国书评家协会奖等多项文坛大奖。

## 4.《强震》

《强震》

《强震》(*Strong Motion*, 1992)是美国著名小说家、随笔作家乔纳森·弗兰岑(Jonathan Franzen)的重要作品。弗兰岑经常在《纽约客》上发表作品，迄今共出版了4部小说。第二部长篇《强震》令弗兰岑在小说界声名鹊起，也使他成为了美国最受关注的年轻作家。其第三部长篇《纠正》(*The Corrections*, 2001)斩获了包括美国国家图书奖在内的多项大奖，使其真正步入了美国最出色的小说家之列，其2010年的新作《自由》(*Freedom*)更是成为美国各大媒体最为关注的一本书。

与《纠正》等相比，《强震》未获得太多的奖项，但被列入本榜单也并非偶然。小说的主人公路易斯·霍兰德在波士顿的海滩邂逅了富有激情的哈佛大学地震学家雷内·施坦契克，两人一见倾心。施坦契克自认找到了波士顿周围近来连续发生轻微地震的原因，这让一切都变得异常复杂起来，故事由此围绕着两人的恋情与霍兰德的家庭展开。小说不但探讨了如堕胎、女权运动等颇具争议的主题，对公司的罪恶、消费经济和资本市场也进行了批判，还更多地充满了对生命的思考和对环境的忧虑。这样的主题及故事对美国读者的吸引，应该在意料之中。

## 5.《吸引法则》

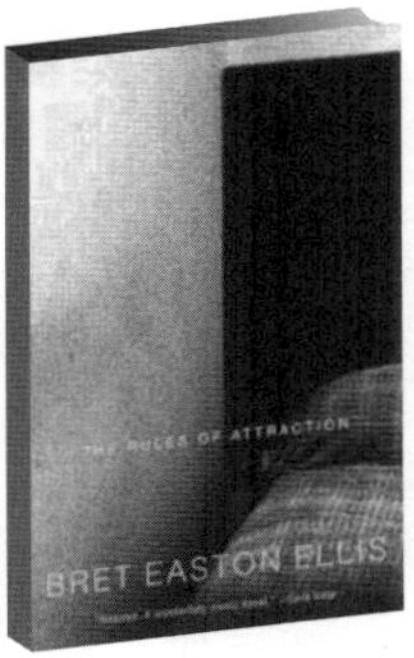

《吸引法则》

《吸引法则》(*Rules of Attraction*, 1987)是著名小说家布莱特·伊斯顿·埃利斯(Bret Easton Ellis)的代表作品之一。埃利斯现年47岁,作为20世纪80年代出道的新锐作家,他以极其迅猛的势头获得了读者和评论界的拥护与赞美。其写作风格素以句子连续不分段而著称,文中多包含性爱、吸毒、80年代的MTV和暴力等元素,极具时代感。埃利斯最广为人知的作品有长篇小说《零下的激情》(*Less than Zero*, 1985)、《吸引法则》和《美国狂人》(*American Psycho*, 1991),《线人》(*The Informers*, 1994)是其短篇小说集。《吸引法则》虽然出版于1987年,应该是由于与榜单设置的时间下限1990年比较接近,所以仍然上榜。

《吸引法则》以第一人称的口吻写成,有多个叙事视角。小说发生在20世纪80年代,背景是美国新罕布什尔州的一所虚构出来的文理学院,主人公是一群放荡不羁的大学生。毒品、男女滥交、双性恋充斥着他们的生活。故事主要围绕保罗、肖恩和劳伦三人之间复杂的三角恋展开。2002年,《吸引法则》被改编成同名电影搬上大银幕,埃利斯本人对电影评价极高,认为影片不但重现了故事中的场景,更难得的是抓住了小说的精髓。

## 6.《路》

《路》(*The Road*, 2006),作者为美国文坛巨匠和畅销书作家、现年78岁的科马克·麦卡锡(Cormac McCarthy)。麦卡锡迄今已经出版了10本小说,其中《路》荣获普利策小说奖,而《老无所依》(*No Country for Old Man*, 2005)于2007年被改编成同名电影,力夺奥斯卡最佳影片等四项大奖。其《骏马》(*All the Pretty Horses*, 1992)荣膺美国国家图书奖和美国全国书评家协会奖。他的旧作《血红子午线》(*Blood Meridian*, 1986)和新作《路》频频登上《时代》周刊和《纽约时报》评出的各类最佳图书的榜单。这些成绩奠定了麦卡锡文坛大师的地位,他也因此被批评家们誉为“福克纳的继承人”和“美国当代四大小说家之一”。他甚至被认为是诺贝尔文学奖的有力争夺者一。

《路》

《路》中所描述的背景是经历了世界末日之后的美国。作者用细腻动人的文字讲述了一对幸免于难的父子在整个文明和人类几乎被摧毁之后怀着微弱的希望,徒步从家乡到美国南部海岸寻找温暖和其他幸存下来的“好人”的旅程。他们一路上忍饥挨饿,历经严寒暴雨等恶劣天气,几经食人族的侵袭,最终到达了南部海岸，却发现情况并无改观。病入膏肓的父亲不久便撒手人寰，留下儿子独自一人。幸好，随后抵达南部的另一个家庭正是父子二人所寻找的“好人”，孤单的孩子开始跟随他们一起生活。麦卡锡通过小说的结尾告诉读者：路的尽头，还有希望。

## 7.《爱不再回来》

《爱不再回来》（*We Don't Live Here Anymore*，2004）。作者安德烈·杜布斯（Andre Dubus，1936—1999）是著名短篇小说家、评论家、个人传记作家，被誉为20世纪最多产的短篇小说家之一。杜布斯生前作品频频获奖，几乎囊括了表彰短篇小说创作的所有大奖。

《爱不再回来》

《爱不再回来》是三个中篇小说的合集，在原来的基础上重新编排而成。这是一个有关绝望、爱情和婚姻的故事，主人公是两对不安分的中年夫妇。小说充满了背叛、婚外恋等感情纠葛，不断地考验着彼此间的忠诚和情感，引发了人们对婚姻和友谊的思考。作品的独特之处在于，它让读者感到十分逼真，阅读时总会被拉入到四人的情感世界，仿佛融入了他们的故事之中，从而可以细细体味每一个人物的心思和情感波动。

同年，该合集中的其他两部短篇小说——《通奸》（*Adultery*）和《不留此地》（*We Don't Live Here Anymore*）——被美国著名导演约翰·卡兰（John Curran）改编成了同名电影《爱不再回来》，在圣丹斯电影节上一举赢得最佳电影剧本创作大奖。

## 8.《书页之屋》

《书页之屋》

《书页之屋》(*House of Leaves*, 2000)讲述的是主人公特鲁安特一家搬进新居后发现房子闹鬼的故事。原来,这套公寓以前住着一位上了年纪的盲人,不久之前刚刚去世。特鲁安特发现了老人遗留下来的一份手稿,竟然是对一部纪录片的研究报告。故事接下来就从不同人物的视角讲述了这份书稿的来历以及所收录的内容。小说之所以取名《书页之屋》,是因为大部分的故事都发生在书稿与房屋之间,而"树叶"与"书页"在英文中又是同义词,房屋之中有了书页,那房屋也就变成了一部书。

《书页之屋》是作家马克·丹尼利斯基(*Mark Danielewski*)的处女作,也是其最著名的一部小说,曾被译成多国语言。丹尼利斯基以形式大胆创新著称,他的作品通常有多个叙述视角,字体排版不断变化,版面设计不拘一格,也因此被称为是"视觉文学"。

## 9.《搏击俱乐部》

《搏击俱乐部》

《搏击俱乐部》(*Fight Club*, 1996)的作者查克·帕拉纽克(Chuck Palahniuk),是著名的犯罪小说作家和自由撰稿人,现年49岁。他最著名的作品当属《搏击俱乐部》。1999年,该小说被好莱坞大导演大卫·芬奇(David Fincher)改拍成电影,成为其所拍摄的最佳电影之一。而且,该小说还在2004年被改编成网络游戏发行。

帕拉纽克的其他作品还有《幸存者》(*Survivor*, 1999)、《隐形怪物》(*Invisible Monsters*, 1999)、《摇篮曲》(*Lullaby*, 2002)、《阴魂不散》(*Haunted*, 2005)等。一般认为,《幸存者》要比《搏击俱乐部》更为有名一些,但上榜作品之所以选择《搏击俱乐部》而非《幸存者》,我们以为,原因大致有二:第一,帕拉纽克正是凭借这部小说声名鹊起,成为读者所熟知和喜爱的作家的;第二,这部小说描写并激励了新兴的一代年轻人。

《搏击俱乐部》的主人公是个受失眠症困扰的年轻人,在小说中没有名字,也有人叫他乔(Joe)。他参加了许多心理治疗小组却收效甚微。为了减轻痛苦,他经常在帮助中心假扮成重症病人。随后,他结识了一个神秘人物泰勒·德顿。两个人为了应对无聊的生活，就一起成立了一个地下组织——搏击俱乐部。小说批评了当今社会男性不够阳刚的现状，也探讨了关于反抗、反消费主义等具有普世意义的主题。帕拉纽克素以敏捷睿智的语言著称，其小说上榜应该是在情理之中。

## 10.《火炬之乐》

《火炬之乐》

《火炬之乐》(*Music for Torching*, 1999),作者A.M.霍姆斯(A.M.Homes)是美国知名作家、剧作家、编辑,现年50岁。她最擅长写作颇具争议的小说和不寻常的故事,尤为擅长描写把婚姻搞得一团糟、彼此之间没有爱情或濒于失去爱的夫妇们。《爱丽丝之死》(*The End of Alice*, 1996)是她最著名的长篇小说,讲述了一个被判有罪的猥亵儿童者和杀人犯之间的故事。霍姆斯出版的其他小说有《这本书可以救你的命》(*This Book Will Save Your Life*, 2006)、《母亲的国度》(*In a Country of Mothers*, 1993)等。《安全对象》(*The Safety of Objects*, 1990)和《你该知道的事情》(*Things You Should Know*, 2002)是她的短篇小说集。这些作品为霍姆斯赢得了多个奖项,被译成18种语言,使她享誉海内外。

《火炬之乐》讲述了住在美国郊区的保罗和伊莱恩夫妇如何带着两个孩子,想要追寻幸福、追求一种惬意的生活,最终却似乎一无所获的故事。小说涉及性爱、社会良知、婚外恋和校园暴力等多个主题。在美国,令人倦怠的郊区生活这个题目本身并无新奇之处,甚至可以说是普通之极,但霍姆斯通过她优美的文笔、有趣的情节设计和巧妙的人物编排以及一个非童话式的结局使故事鲜活起来，真实得好像就发生在读者的身边一样。

在文坛，霍姆斯是凭借着精湛的写作技巧、独特而又悲观的文风赢得了批评家的认可和读者的喜爱。其精彩的《火炬之乐》，也使霍姆斯成为了美国20年十佳图书榜单中唯一的一位女作家。

（该文与冯元元合作）

# “最”、“新”、“奇”

## ——2012年“美国国家图书奖”获奖作品述评

2012年10月10日，一年一度的“美国国家图书奖”评审工作接近尾声。2012年参选的作品超过了1300部，在这一天，最终入围的20部作品浮出水面。

今年初选最大的特征是，许多实力雄厚的作家的作品入围。仅以最终入选的20部作品为例，其中就有普利策奖得主5位，麦克阿瑟天才奖（MacArthur ‘genius’ grants）获得者两位，一位曾经获得过美国国家图书奖，有三位的作品曾经入围美国国家图书奖，还有一位曾经荣获美国国家图书基金会终身成就奖。由此可见，本次图书奖的竞争异常激烈。而且还有一个值得关注的现象是，在这20部作品中，6部作品是由小型、独立的出版社或者大学出版社出版的。

11月14日，评选结果在美国的纽约市揭晓。最终获奖的4部作品为：布易斯·厄德里克（Louise Erdrich）的长篇小说《圆屋》（*The Round House*），凯瑟琳·布（Katherine Boo）的回忆录《永恒之美的背后：孟买贫民窟里的生死与希望》（*Behind the Beautiful Forevers*: *Life, Death and Hope in a Mumbai Undercity*)，威廉·亚历山大（William Alexander）的儿童文学《小妖精的秘密》（*Goblin Secrets*），大卫·费里（David Ferry）的诗歌《迷乱：新诗与翻译》（*Bewilderment: New Poems and Translations*）。

## 《圆屋》：反映美国社会的传奇之作

美国作家路易斯·厄德里克

厄德里克出生于1957年，是美国著名的小说家、诗人和儿童文学作家，主要以描写土著美国人或印第安人而著称。由于她在这方面的突出贡献，因而被批评家认为是“印第安人文艺复兴”运动中最活跃的作家之一。2009年，她的小说《鸽灾》（*The Plague of Doves*）曾经入围普利策奖。

厄德里克生长于北达科他州（North Dakota），1972—1976年就读于著名的“常青藤盟校”达特茅斯学院（Dartmouth College），1979年在霍普金斯大学（Johns Hopkins University）获得了创意写作的硕士学位，矢志于写作。在1978—1982年，厄德里克发表了很多诗歌与短篇小说。1984年，厄德里克的《爱药》

(*Love Medicine*)出版，很快就受到了来自批评界与读者的热烈欢迎，当年即获美国书评家奖(National Book Critics Circle Award)，成为她最著名的作品之一，也是从未停止过再版印刷的一部作品。

随后，她又出版了多部作品。厄德里克的作品主要根植于奥吉布瓦文化(Anishinaabe culture)。因而，很多人将她与福克纳相提并论，也拿她笔下的人物、地方及其文化与福克纳笔下的约克纳帕塔法县中的人物与文化相提并论。应该说，厄德里克在自己小说较为单一的区域中，创造了多种叙事方式，把地方历史与当代主题与现代意识很好地结合在了一起。

《圆屋》

《圆屋》是作者计划中所写的三部曲的第二部小说，反映美国北达科他州的一个奥吉布瓦人(Ojibwe)家庭变故所引发的故事。故事开始于1988年春的一个周日，一位妇女受到了种族攻击，此后，犯罪的细节慢慢展开，故事也逐渐深入。主人公杰拉尔丁(Geraldine Coutts)受到了很大的心理创伤，不愿去回顾发生的一切，无论是对警察，还是对她的丈夫巴希尔(Bazil)以及她的儿子乔伊(Joe)。有一天，乔伊的生活发生了巨变。他想安慰自己的母亲，但他发现母亲已经沉浸在了自己孤独的深渊之中而不能自拔。从此，乔伊自己也开始走入了成人世界，但他实际上还没有做好准备。

乔伊对官方的调查非常不满，开始寻找自己的朋友去调查使母亲遭受攻击的罪犯。他们的追查就从圆屋开始，而圆屋是一个神圣之地，是当地人做礼拜的地方。这，其实还只是故事的开始。随后人们看到的是一个仇恨犯罪和复仇的故事，凸显了主人公的彷徨徘徊，苦苦挣扎于难以找到证据的尴尬和面对冷漠的美国司法体制时的无奈。

在作品中，厄德里克描述了一个悲剧与喜剧参半的精神世界，同时也是对我们现实世界的真实反映。有批评家把《圆屋》与反映种族歧视的著名小说《杀死一个知更鸟》（*To Kill a Mockingbird*）相提并论，称之为当今美国社会的一部新的传奇之作。《今日美国》（*USA Today*）则称该小说令人想起福克纳、马尔克斯和莫里森（Toni Morrison）。该小说还被认为是作者迄今为止最成功的小说，小说中的人物乔伊也被认为是作者迄今塑造得最好的人物，读来令人难忘。

其实，早在9月份，《今日美国》就曾有人撰文指出，《圆屋》展现了“绝妙的语言”，是厄德里克迄今为止“最好的作品”。由此可见，厄德里克最终拔得头筹，也是名副其实、众望所归。

## 《永恒之美的背后》：再现东方巨变中的印度

作为“非虚构类”（non-fiction）获奖作品，《永恒之美的背后》记录的是真实的现实故事。故事的背景是印度的孟买（Mumbai）。主人公是作者与几个年轻的穆斯林，特别是一个名叫阿卜杜勒（Abdul）的青少年。这位青少年能够在富人们扔掉的可循环使用的废物中看到未来。《华盛顿邮报》称《永恒之美的背后》从很多层面上看上去都“令人惊心动魄”。

美国作家凯瑟琳·布

作者凯瑟琳·布生于1964年，是《纽约时报》的专栏作家，曾获得过普利策奖。在美国，布被誉为一位总站在穷人和弱势群体一边为他们言说的新闻人物。

布在华盛顿特区长大，以“优等生”的荣誉称号毕业于哥伦比亚大学的巴纳德学院（Barnard College）——一所著名的女子文理学院。她从1993年到2003年，一直在《华盛顿邮报》工作。2000年，她因为在《华盛顿邮报》上发表了有关智障人士教养院（group homes）的系列文章而荣获普利策公众服务奖。普利策的评委们认为，正是由于她的作品而让当局意识到了智障人士的生存环境并开始有所行动去改变他们的现状。

2003年之后，她进入《纽约时报》。第二年，她以“婚姻疗法”为题的文章获得了美国国家杂志奖（National Magazine Award）。该文章记录了俄克拉荷马州的一个地区，在当地政府的努力下，教会穷人了解有关婚姻的种种好处，目的是希望下一代能够摆脱贫穷。

在最近的10年时光里，布有一半的时间都住在她丈夫的出生地印度。2012年，布出版了她自己的第一部作品《永恒之美的背后》，这是一部纪实性作品，记载了她在印度孟买贫民窟的生活。在获得全国图书奖之前，该书还获得了约翰逊奖（Samuel Johnson Prize）。

《永恒之美的背后》

《永恒之美的背后》记录了作者三年不屈不挠的记者生活。在作者看来，我们所处的时代是一个全球变化而又不平等的时代，而在读者面前，作者展现的是一个令人眼花缭乱的时代。

在作品中，安纳洼地就处于机场附近的豪华酒店的阴影之下，由于国家正处于大发展时期，这块地方也就充满了希望。阿卜杜勒这位有思想、有魄力的青少年能够在富人们扔掉的可以回收的废物中看到一种难以计数的财富。阿莎是一个聪明但从小家境贫寒给她留下了很深印记的女人，认为现在的政治腐败已经开始侵蚀中产阶级了。还有些幸运的是，她那敏感而又美丽的女儿很快就要从女子学院毕业，成为一位女大学生了。所有的当地人，就连像卡拉这样的最穷的人——一个总是偷盗非金属的15岁小偷，都相信他们正在向幸福的生活和伟大的时代悄悄靠近。他们期待的是一种完全快活的生活。

但不幸的是，阿卜杜勒含冤遭到了指控；恐怖袭击与全球经济衰退震撼了这座城市。长久以来被压抑的宗教紧张关系、社会地位的悬殊以及由于性别、权力与经济种种危机所引发的矛盾都在突然间爆发了。

作者用睿智、幽默、富有洞见的文笔，深入细致地描绘了在一个混乱的变革时代人与人之间的关系，把读者带入21世纪人们难以见到的隐秘世界，也把人们带进了那些难以忘怀的人类生活之中。

在《纽约时报》关于《永恒之美的背后》这部小说的博客文章中，有人说，布“写作时像个诗人，讲故事的时候像个小说家，做媒体报道的时候则像个最出色的揭发丑闻者。如果说能把死人看活过来，那她就是其中之一”。由此可见人们对这本书的评价之高。

## 《小妖精的秘密》：新世界中的梦幻色彩

获得“儿童文学奖”的《小妖精的秘密》，算得上是一部给青年及成人所看的梦幻小说，讲述的是一个小男孩为了寻找他失踪的兄弟而加入小妖精马戏团的故事。

作家亚历山大

与厄德里克与布相

比，亚历山大堪称一位新手，《小妖精的秘密》即是作者的第一部长篇作品，但他能够一举拿下国家图书奖，在一鸣惊人之余，更彰显其身手不凡。亚历山大先后毕业于欧柏林学院（Oberlin College）和佛蒙特大学（University of Vermont），学习戏剧与民间文学。虽说《小妖精的秘密》是其第一部长篇作品，但这之前，他已经有很多短篇小说见诸各种杂志，还被收进一些《文学选集》之中。

《小妖精的秘密》

《小妖精的秘密》讲述的是在一个称作藏贝（Zombay）的城镇，有一个叫作葛雷巴的女巫，总是会把迷失的小孩儿收留在自己的麾下，让他们听命于自己。而罗尼就是其中之一。罗尼唯一的亲人就是他的哥哥罗万，他是一位演员。

在藏贝，人们无权装扮成与自己不同的样子，因此，演戏就成了非法的职业，罗万也就消失了。为了要找到哥哥，罗尼进入到一个由小妖精组成的马戏团——他们总是想办法绕开法律去演出。但让罗尼没有想到的是，他们的演出不仅仅是为了娱乐，而且他们的面具也不仅仅是一种伪装。他们也在寻找罗万——因为他很可能是唯一可能使藏贝免于被巨流河淹没命运的人。

美国《学校图书馆杂志》（*School Library Journal*）称，这个故事“优美而富有创意”，它带给孩子们的是一种“新世界中的新奇的梦幻色彩”。作品有爱，有失落，有家庭，其快节奏的历险，引人入胜。

## 《迷乱》：传递人类情感的复杂性

作家费里

获得“诗歌奖”的是诗人费里的《迷乱》。现年已经88岁高龄的诗人在获奖时笑言，获奖是因为自己年长的缘故。

费里出生于1924年，是美国著名诗人、翻译家和教育家。曾出版过八部诗集和一部文学批评集。他高中毕业后就读于美国著名的文理学院——艾姆赫斯特学院（Amherst College），但大一还没有上完，适逢第二次世界大战，他就到部队当了一名空军。后来到1946年才又回到学校拿了自己的学士学位。

后来他到哈佛大学继续攻读博士学位，而在此期间，他在著名的《凯尼恩评论》（*The Kenyon Review*）上发表了自己的第一批诗歌。从1952年开始到他1989年退休，费里一直在美国著名的高校威尔斯利学院（Wellesley College）任教，长期担任该校英文系的系主任。他也曾经在波士顿大学讲授写作课程。1998年当选为美国艺术与科学院（American Academy of Arts and Sciences）院士。2000年，费里新出版的诗选《未知的国度》（*Of*

*No Country I Know*）获得了马歇尔诗歌奖（Lenore Marshall Poetry Prize）。2011年他还曾经获得过主要授予受普遍认可的杰出诗人的“罗斯利里诗歌奖（Ruth Lilly Poetry Prize）”。

《迷乱》

在《迷乱》中，费里的诗作所涉及的主题非常广泛，从新泽西州的邮筒，到古希腊的神话，几乎无所不有。有人认为，整部诗集虽然都是沉思的抒情诗和富有哲学、思想意味的叙事诗，但实际上是一系列事关重要问题的对话，使人重新去认识现实世界。

有学者提出，读费里的诗歌可以使人感到，诗歌中若能使用最微妙的形态，同样可以达到诗歌的顶峰。《华盛顿邮报》发表评论说，费里的诗歌强调的是人们长期以来对真理的追求与渴望，正由于此，促使人去回望过去，审视当下。他“以一种自信而沉稳的语调，传递了人类经久不衰而又优雅的情感的复杂性”。这样的评价或许更能体现诗人及其诗作的当代价值。

## 伦纳德：老作家荣膺杰出贡献奖

除了上述4位作家获奖之外，现年87岁的小说家和著名编剧伦纳德荣膺2012年度杰出贡献奖章（Medal for Distinguished Contribution to American Letters）。他早在20世纪50年代就开始发表小说，主要反映西部的人和事，但后来致力于犯罪小说和悬疑惊悚小说的创作，很多作品被改编成电影。

巧合的是，在宣布伦纳德获得该奖的同时，美国图书馆也宣布，将从2014年秋季起，陆续出版三卷本一套的伦纳德犯罪小说精选。进入这个系列的作家，可以说进入了美国伟大作家的圣殿，自然标志着作家在历史上的地位。

## 本次获奖的特征

2012年度的4部作品，在我看来，大体可以用“最”、“新”、“奇”三个字来概述。

所谓“最”，是说这些作品，除了《永恒之美的背后》是作者的第一部作品之外，其余3部作品，在人们的评论当中，都被认为是作者“最好”的作品。

所谓“新”与“奇”，是指所有作品都有创新和令人惊奇之处。就《圆屋》来说，这是一位已经获得很高声誉，并在学术界得到很多学者研究的作家的最新作品，但刚一问世，就在获得普遍好评的基础上又获得大奖，不能不让为之感到惊奇，但更值得关注的，还是这部作品应该算得上是当代美国的一部“新”的传奇故事。而《永恒之美的背后》作为作者的第一部作品出版后，不但赢得了广大的读者与批评家的关注，而且一举摘下了全美图书奖，同样不能不令人称“奇”。但作品真正的“新”、“奇”之处，还在于作者将眼光转向了东方的大国——印度，冷眼观察在全球化巨变中这个国度底层人们的生活状态。像很多儿童文学作品一样，《小妖精的秘密》同样不仅仅是写给儿童看的，也是写给成人看的。作品的“新”、“奇”之处，自然是其所展现的新世界中的梦幻色彩。

其实，“最”、“新”、“奇”，何尝不是所有作家追求的目标呢？

# 少数族裔者的天地

## ——2011年“美国国家图书奖”综述

2011年11月16日，“美国国家图书奖”在美国的纽约市揭晓。本年度，共有1223部著作提交给评奖委员会。如果按照种类来划分大体如下：小说类315部；非小说类441部；诗歌类189部；青少年文学类278部。与2010年参评的1115部相比，在总数及分类上都有提高。那么，2011年奖项都有哪些作家最终入围？获奖作家的作品有何独特之处？2011年的评审中，又有哪些独特的地方呢？对此，本文将做一个简要的概述。

### “美国国家图书奖”：此NBA，非彼NBA

先来说说这个“美国国家图书奖”。在当今世界，无论是喜好篮球还是不喜好篮球的人，大概少有人不知道美国的NBA的，其全称为National Basketball Association，原指美国篮球协会，后主要代指美国职业篮球联赛。但可能并不是很多人知道，在美国的读书界和创作界，还有一个NBA，其全称为National Book

Awards，即“美国国家图书奖”。

早在1950年3月16日，当时纽约的出版、编辑、作家和批评家等各界人士齐聚在该市举办了第一届年度美国图书奖。当时，大家给这个奖项设计的目标是，这是一个“由作家颁给作家的奖项”，最初选定的是当年的最佳作品，分为三类：小说类、非小说类和诗歌类。当时的《波士顿先驱报》在第二天的报道中说，文学史正在形成之中，足见对其期望之高。很快，NBA就确立了其在国内外的良好声誉。诸如威廉斯、福克纳、贝娄、马拉穆德等一大批作家获得了这个奖项，而正是他们，成为了当代美国文学的基石。

20世纪60年代中期到70年代，NBA曾经一度扩大了评选的范围，其类别涵盖了科学、哲学与宗教，历史与传记，艺术与人文，翻译，当代思想，自传，儿童书籍，等等。到了1980年，一些赞助商寻求扩大读者群，把奖励的名称由NBA改为TABA（The American Book Awards），即美国图书奖，而且把评奖的范围扩得更大了，总共设置了16个类别28个奖项。评选者由出版社、书商、批发商、图书馆员、作家和批评家组成。由于范围扩得太大，类别太多，自然削减了该奖项的影响力。于是，在1984年，董事会重新把奖项类别减至3个。到了1987年，名称重新改为NBA，且重申该奖是“由作家颁给作家的奖项”。

自从1996年开始，奖项类别确定为4个，即目前的4项分类：小说类（fiction）、非小说类（non-fiction）、诗歌类（poetry）和青少年文学类（young people’s literature）。每个奖项由5位作家组成的独立的委员会来评审。经过60多年的发展，这个NBA已经成为美国最知名也是业界最高级别的奖项了。

应该说，NBA的影响力主要表现在，它既有可能把一位新作家推上文坛，更有可能把一个重要作家推向新的高度。从其62年的历史来看，绝大多数的获奖者后来无疑都成为了美国重要的作家，也都同样写出了重要的作品，还有人多次获得该奖项，更有一些人在此后获得了诺贝尔文学奖。因此，“美国国家图书奖”已经成为世界各国关注的重要奖项。

## “虚构”还是“小说”

在众多媒体甚至学界的介绍中，大都把分类的前两者说成是“小说类”和“非小说类”。严格地讲，这样的定义并不够准确。对此，需要做一点点辨析。

在西方特别是英文的语境中，说到“文学”（literature）时一般分为两大类：一类为“虚构类”（fiction）作品，另一类为“非虚构类”（non-fiction）作品。前者包括小说、诗歌、戏剧等，而后者包括自传、传记、日记等。对前者的定义，可以用一个关键词来表述，那就是“想象”（imagination），即虚构类作品都是建立在想象之上的。而后者的关键词则是“事实”（facts），即非虚构类作品全都是建立在事实之上的，也即是不能虚构的。应该说，这样的划分在“虚构类”和“非虚构类”作品之间画上了一道很严格的界限，即前者可以想象与虚构，而后者不能想象与虚构。

由此观之，在严格意义上，评审“虚构类”作品时，应该是包含了小说、诗歌和戏剧作品的。但为什么大家又会把它翻译成“小说类”呢？大致有三个原因：第一，fiction这个词本身就有“小说”的意思；第二，“美国国家图书奖”是把“诗歌”单独拿出来加以评审的，而从其1962年的评审结果看，在“虚构类”作品中几乎清一色都是小说，这样，难免使人产生这个类别就是“小说类别”的印象；第三，称“小说类”应该比“虚构类”的指向更加具体且更加通俗易懂一些。

下面，我们就来看看2011年的获奖情况。

## 《拾骨》：一部令人伤感的小说

沃德

在“小说类别”中，最终入围的5部作品分别是：沃德（Jesmyn Ward）的《拾骨》（*Salvage the Bones*）、克里瓦克（Andrew Krivak）的《旅居》（*The Sojoun*）、奥布莱特（Tea Obreht）的《虎妻》（*The Tiger's Wife*）、大家（Julie Otsuka）的《阁楼上的佛像》（*The Buddha in the Attic*）和珀尔曼（Edith Pearlman）的《双目观察》（*Binocular Vision*）。最

终胜出的是沃德的《拾骨》。

《拾骨》

沃德是一位非裔美国女作家，出生在密西西比州的德莱尔（DeLisle），现在也居住于此。她曾经获得过斯坦福大学创意写作专业的斯泰格纳奖学金（Stegner Fellowship）从而在斯坦福学习。在2010到2011年度，她曾经是密西西比大学（University of Mississippi）的访问驻校作家。说来，沃德应该算是一位新作家。她在2008年才出版了第一部作品《哪里疼痛》（*Where the Line Bleeds*）。但该书出版后颇得好评，很快入选"精华杂志图书俱乐部"好书榜，获得过美国图书馆协会的黑人民权核心小组荣誉奖，也进入过包括赫斯顿/莱特遗产奖（Hurston/Wright Legacy Award）等在内的入围作品。现在，沃德担任南阿拉巴马大学（University of South Alabama）的创意写作（creative writing）教授。

该小说讲述了一个14岁的不幸的女孩儿埃斯克（Esch）的故事。在她还小的时候，母亲因难产而去世，父亲是个酒鬼，整日饮酒作乐。那个造成母亲死亡的小弟弟，差不多就是由埃斯克一手带大的。有一天，埃斯克突然发现自己怀孕了，而那个让她怀孕的男孩儿不过是把她当作玩具而已。而恰在此时，家人得知会席卷他们位于密西西比的家乡的飓风要到来了。这个时候，就连父亲也开始担心飓风所带来的破坏性。埃斯克和她的三个兄弟决定把门窗堵死，然后存储一些食品以应对未来的风暴。埃斯克和她的三个兄弟为此做了准备，但实际上并没有多少食物以及物品可以让他们去储存。至此，飓风成为了故事的大背景。在这部小说中主要描述了此后12天时间里，孩子们尽量为了家人而互相做出牺牲，努力去维护家庭中那份难得的亲情的动人场景。

小说的基调哀怨悲伤，细节之处常常会触动读者的内心世界。大家都对埃斯克充满同情之心，对她的父亲和她的男友满是怨恨。该小说被誉为是一部动人而又令人伤感的作品。

## 《转向》：探索世界如何走向现代

在"非小说类"中，最终入围的5部作品如下：格林布拉特（Stephen Greenblatt）的《转向：世界如何进入现代》（*The Swerve: How the World Became Modern*）简称《转向》、贝克（Deborah Baker）的《皈依：放逐与极端主义的故事》（*The Convert: A Tale of Exile and Extremism*）、加布里尔（Mary Gabriel）的《爱与资本：卡尔·马克思夫妇与一场革命的诞生》（*Love and Capital: Karl and Jenny Marx and the Birth of a Revolution*）、马拉布尔（Manning Marable）的《马尔科姆·艾克斯：再创造的一生》（*Malcolm X: A Life of*

格林布拉特

*Reinvention*)和莱德尼斯(Lauren Redniss)《放射性：居里夫妇爱与辐射的故事》(*Radioactive: Marie & Pierre Curie, A Tale of Love and Fallout*)。最终赢得奖项的是格林布拉特的《转向》。

格林布拉特是美国哈佛大学的校聘教授(University Professor)，专事文学研究，其在文学理论上的学术水平在世界上享有盛誉。他是美国艺术与科学院(American Academy of Arts and Sciences)和美国艺术与人文院(American Academy of Arts and Letters)的双料院士，还曾担任成员皆为语言与文学领域学者的美国现代语言协会(Modern Language Association)的主席。需要说明的是，该协会的机构虽然设在美国，但其超过3万名的成员来自世界100多个国家。作为西方著名的文学批评家和文学理论家，格林布拉特主要从事文化研究，文艺复兴研究，特别是莎士比亚研究。他是当代"新历史主义"(New Historicism)学派的倡导者之一。自从20世纪80年代以来，其著作一经出版，都会在国内外的学术界产生极大的影响。近年来，他最著名也最为流行的作品为《俗世威尔：莎士比亚何以成为莎士比亚》(*Will of the World: How Shakespeare Became Shakespeare*)，该书曾经在2004年入围"美国国家图书奖"，也曾登上《纽约时报》的畅销书榜单。

《转向》写的是文艺复兴时期的一个发现。说的是在1417年的冬天，一个接近40岁的男人在图书馆激动地发现了一个特别古老的手稿。这个人就是文艺复兴时期最大的淘书者，也是意

《转向》

大利的学者、作家和人文学者布拉乔利尼（Poggio Braccionlini）。正是他的发现，让古罗马的哲学史诗《论事物的本质》（*On the Nature of Things*）的手稿重见天日，而这首诗的作者就是古罗马的诗人和哲学家卢克莱修（Lucretius）。他在诗中宣扬了在当时看来极为危险的观念：宇宙的活动无需诸神的帮助，人们在宗教信仰中的恐惧心理有损于人类的生活；物质是由很小的粒子组成的，它们不断地流动、碰撞且在新的方向转向。

正是这本书的出版和翻译启蒙并点燃了文艺复兴的星星之火，激发了诸如波提切利（Botticelli）这样的艺术家和布鲁诺（Giordano Bruno）这样的思想家；构成了伽利略和弗洛伊德，达尔文和爱因斯坦的思想体系；同时，也对蒙田、莎士比亚甚至是杰弗逊（Thomas Jefferson）这样的作家产生了革命性的影响。

该书仿佛在告诉人们，一首诗可以改变世界。但其中对于历史文献细节的挖掘和思考更为引人入胜，也让人们看到了历史文献的丰富多彩之处。

## 《转移与裂变》：展现非裔美国人的情感世界

在“诗歌类”中，最终入围的5部作品为：芬尼（Nikky Finney）的《转移与裂变》（*Head off & Split*）、科曼亚卡（Yusef

Komunyakaa）的《变色龙沙发》（*The Chameleon Couch*）、菲利普斯（Carl Phillips）的《双重阴影》（*Double Shadow*）、里奇（Adrienne Rich）的《今夜没有诗歌》（*Tonight No Poetry Will Serve: Poems 2007—2010*）和史密斯（Bruce Smith）的《祈祷》（*Devotions*）。获奖者为芬尼的《转移与裂变》。

芬　尼

芬尼现任美国肯塔基大学（University of Kentucky）的创意写作教授，此前出版过三本诗集，其中，《世界是圆的》（*The World Is Round*）获得2004年富兰克林诗歌奖（Benjamin Franklin Award for Poetry），《大米》（*Rice*）则获得1995年PEN笔会美国公开书目奖。芬尼还出版过一本短篇小说集《心材》（*Heartwood*），编过一本《响亮的耳朵》（*The Ringing Ear: Black Poets Lean South*）。

《转移与裂变》

《转移与裂变》是芬尼的第四部诗集，其所描述的主要人物和事件都来自非裔美国人，这其中既有历史人物如民权运动的女领袖帕克斯（Rosa Parks），也有当代人物如前国务卿赖斯（Condoleezza Rice）；既有堕落少女，也有被遗弃的女人。在她的笔下，情色、政治与家庭事件，都用艺术与激情的方式表现出来。

## 《离开与回归》：越南裔少女的奋斗之路

最终入围“青少年文学类”的5部作品分别为：赖（Thanhha Lai）的《离开与回归》（*Inside Out & Back Again*）、比林斯利（Franny Billingsley）的《钟声》（*Chime*）、爱德华森（Debby Dahl Edwardson）的《我的名字不容易》（*My Name Is Not Easy*）、马林（Ablert Marrin）的《肉与血如此便宜》（*Flesh & Blood So Cheap: The Triangle Fire and Its Legacy*）和施密特（Gary D.Schmidt）的《现在可以》（*Okay for Now*）。最终获奖的是赖的《离开与回归》。

赖

赖有着不幸的童年。她生长在越南，1975年移民到美国的阿拉巴马州，目前生活在纽约市，在帕森斯设计学校教授写作。但与此同时，她无疑又是一位极其幸运的作家。《离开与回归》是她的第一部书，而这第一部作品就获得了美国的图书最高奖。

《离开与回归》这部小说

描写了主人公哈（Ha）及其家人的生活。对于只有10岁的哈来说，她所熟知的地方只有越南的西贡市（Saigon），那里有热闹的市场，各式各样的传统，还有热情的朋友，当然还有她自己喜爱的木瓜树。不久越南战争爆发了，战火烧到了自己的家乡。哈的父亲在越战中失踪了。10岁的她和母亲以及三个哥哥一起逃离了西贡。他们一家登上了驶往希望之地的轮船。他们先是抵达关岛，接着到佛罗里达，最后抵达阿拉巴马。在美国，他们一家人找到了避难之所，但迎接他们的不是人们的友好欢迎，而是遭到一些同学极为不友好甚至可以称之为卑鄙下流的粗暴对待。可以说，哈在阿拉巴马发现了不一样的世界：冷漠的人们，无趣的食物，奇怪的景物。但故事的动人之处在于通过一个小姑娘的视野，让我们看到了她在移居到新的国家的时候的变化、梦想和悲伤。最终，在一位儿子在越战中阵亡的善良的老师的帮助下，哈努力调整自己，使自己适应新的生活。但即便如此，她未来的生活也并非一帆风顺。哈的故事取材于赖的个人经历，这虽然是作者的第一部著作，但从一个儿童难民的视角，让我们清晰地看到了她的挣扎和奋斗。

《离开与回归》

该小说的写法独特，采用了简单易懂、短小精悍的自由体诗篇，很好地再现了一个移民儿童的真实生活。小说中叙述有不少语法错误，读者看后在发笑的同时也会感到心情沉重，更会随着哈在同学午餐的时候自己却躲在洗手间所流露出的那种痛苦而深受触动。哈的生活向我们真实地再现了一个人在异国他乡的异化经历。

## 阿什贝利：老诗人荣膺杰出贡献奖

除上述4位作家获奖之外，现年84岁的老诗人阿什贝利（John Ashbery）荣膺2011年度杰出贡献奖章（Medal for Distinguished Contribution to American Letters）。阿什贝利曾经是“美国国家图书奖”的获得者，其著作也曾四次入围。他是该奖项的第21位获奖者。此前，莫里森（Toni Morrison）、厄普代克（John Updike）、梅勒（Norman Mailer）、金斯顿（Maxine Hong Kingston）等著名作家都曾获过此殊荣。

阿什贝利1927年出生于纽约。他本科毕业于哈佛大学，在哥伦比亚大学获得硕士学位。从1953年起开始诗歌创作，此后出版了大量的诗集，获得过美国几乎所有重要的奖项。他的诗集《凸镜中的自画像》（*Self-Portrait in a Convex Mirror*）获得了美国三大奖项：美国国家图书奖、普利策奖和美国国家图书批评家奖。其作品被翻译成20余种外国语言。

他不仅自己创作诗歌，还长期翻译法国文学作品，把法国大诗人如兰波（Arthur Rimbaud）等人的诗翻译成英文。他还在《纽约杂志》和《新闻周刊》上写作视觉艺术的文章。除此之外，他还写过戏剧和小说。像格林布拉特一样，阿什贝利也是美国艺术与科学院和美国艺术与人文院的双料院士。他还曾在1988年到1999

年的11年间，担任美国诗人学会（Academy of American Poets）的会长。

耶鲁大学英文系主任海默（Langdon Hammer）在2008年曾说，回顾过去的50年，美国诗歌界没有人像阿什贝利那样显得如此之重要；哈佛大学英文系教授、诗人布尔特（Stephen Burt）把阿什贝利与T.S.艾略特相提并论，足见学术界对其的高度评价。阿什贝利获得此奖，也是实至名归。

与此同时，迈阿密国际图书博览会的创办人之一卡普兰（Mitchell Kaplan）获得公共服务奖（Literarian Award for Outstanding Contribution to the American Literary Community）。卡普兰是美国书商协会的会长，在创办书店、创建图书博览会、高校图书馆建设方面，都做出了突出贡献。

## NBA中的两位华裔评委

值得一提的是，在2011年“美国国家图书奖”的评委中有两位华裔学者。一位是“小说类”的评委，也是知名作家李翊云（Yiyun Li），另一位则是“非小说类”的评委黄运特（Yunte Huang）。两人同为北京大学毕业生，都在20世纪90年代到美国留学，现在美国工作和生活。

李翊云1996年毕业于北京大学，后在美国获得硕士学位，作为作家，其创作多为短篇小说，曾经发表在《纽约客》上，并且曾入选《最佳美国短篇小说集》等。2005年结集出版的《千年敬祈

（*A Thousand Years of Good Prayers*）获得奥康纳国际短篇小说奖（Frank O'Connor International Short Story Award）等重要奖项。

黄云特1991年毕业于北京大学英语系，后赴美留学，1999年获得纽约州立大学巴法罗分校文学博士学位，曾任哈佛大学助理教授，现任加州大学圣塔芭芭拉分校英文系教授。其主要从事20世纪美国诗歌、亚裔美国文学研究等。其最新著作《陈查理》（*Charlie Chan: The Untold Story of the Honorable Detective and His Rendezvous with American History*）于2010年8月出版发行。

## 少数族裔者的天地

若是稍稍总结一下2011年的获奖人选及其作品，我们大致上可以看出有如下三个特点。

首先是新，即新人新面孔居多。虽然格林布拉特是学界知名人士而为大众所知，但其余三位获奖者则几乎都为文坛新人或者刚刚出道不久。诗歌类获奖者芬尼算是其中资格最老的了，但其获奖作品也不过是她的第四部诗集。小说奖得主沃德，不过是在3年前才出版了第一部作品，获奖作品算是其第二部重要作品。而青少年文学奖的桂冠则是授予了刚刚写出处女作的作者赖。

其次是少数族裔者居多。在本次获奖者之中，我们可以看出，所谓少数族裔有两层意思：第一，四位获奖者之中，除了格林布拉特之外，两位是非裔作家，一位是亚裔作家；第二，同样，在四位获奖者中，除了格林布拉特之外，其余三位全部为女性。

再次是上述少数族裔的作家，其作品的主题、人物与故事，也都与少数族裔的群体及其生活密切相关。沃德描写的是自然灾害面前的黑人家庭的爱恨情仇，芬尼用诗歌在为黑人的历史与现状呐喊，赖则以动人的笔调细致入微地展示了亚裔在美国艰难的奋斗之路。

在11月16日的颁奖典礼上，诗人芬尼的受奖演讲最为成功，也赢得了全场观众最热烈的掌声和欢呼声。她的演讲或许代表着少数族裔的声音。她说："我们来自历史，南卡州的奴隶法典，我们共同颤栗……有你们陪伴就是要燃烧得更加明亮。在美国，黑人是曾经由官方规定不能接受教育的唯一的群体。此时此刻，我也想正式地表达我的无言以对。"主持人利特高（John Lithgow）现场评论道："这是我平生所听到的最佳受奖演讲。人们送给她的掌声和欢呼声，也是我所见到过的给予诗歌奖得主中最高涨的。"

由此可见，即便在当今美国，现实生活中的公平问题，以及不同群体特别是少数族裔群体的现实际遇，仍旧是作家写作的焦点，也是读者关注的焦点。

# 2011年度“布克国际文学奖”获得者菲利普·罗斯

2011年5月18日，国际布克奖评选主办机构宣布，美国当代著名作家菲利普·罗斯（Philip Roth）荣获本年度“布克国际文学奖”（Man Booker International Prize）。该奖项创立于2005年，每两年评选一次，由久负盛誉的“布克文学奖”（Man Booker Prize）的赞助机构曼氏集团（Man Group PLC）创立。据称，“布克国际文学奖”旨在奖励在文学创作上成就突出、具有非凡国际影响力的作家，面向以英文写作或作品有英译本的作家，评选时考虑候选人的全部作品，而非某一部作品。

应该说，作为当代美国著名作家，罗斯荣膺此奖并不出人意料，但其中的一些趣闻轶事也值得说上一说，而其最新出版的作品更值得我们做一简要的评述。

## 文学大奖何以花落菲利普·罗斯

实际上，在2011年3月30日，“布克国际文学奖”的决选名单就新鲜出炉了，共有来自美国、英国、意大利、西班牙、黎巴嫩、澳大利亚、中国和印度等国的13位著名作家入选。值得一提的是，王安忆和苏童成为首次进入布克国际文学奖最终候选人名单的中国作家。那么，这个备受文学界和学术界关注的奖项为什么最终为菲利普·罗斯所摘得？大致应该有如下三个方面的原因。

2011年3月2日，美国总统奥巴马授予罗斯“美国国家人文奖章”

第一，罗斯是美国文坛的常青树，被誉为当代美国最杰出的犹太裔作家，绝对称得上是“在文学创作上成就突出、具有非凡国际影响力的作家”。现年78岁的罗斯有“文学活神话”之称，其创作体裁丰富多样，包括小说、短篇小说、剧本、舞台剧和散文等。美国著名文学评论家布鲁姆（Harold Bloom）曾将罗斯与托马斯·品钦（Thomas Pynchon）、唐·德尼罗（Don Delillo）和科马克·麦卡锡（Cormac McCarthy）并称为仍在从事创作的“美国四大小说家”。从20世纪50年代末发表中篇小说《再见吧，哥伦布》（*Goodbye, Columbus*, 1959）而一举成名以来，罗斯已经在美国文坛叱咤了半个世纪，迄今共出版著作31部，2006年之后更是几乎年年都有新作问世。在美国，很少有作家能够像他那样——在漫长的文学生涯中始终保持着极高的创作水准。

第二，罗斯是典型的学者型作家。罗斯出生于美国新泽西州纽瓦克市的一个中产阶级犹太家庭，从小接受了良好的教育。他1954年毕业于宾夕法尼亚州的巴克内尔大学，1955年获芝加哥大学文学硕士学位后留校教授英语，同时攻读博士学位，但在1959年，他放弃博士学位的学习，专门写作，同时为一些报刊撰写影评。1960年，罗斯到爱荷华大学作家班任教，两年后成为普林斯顿大学的驻校作家。后来，他在宾夕法尼亚大学教授过多年的比较文学课程，直至1991年退休。1970年，罗斯当选为美国文学与艺术研究院院士。2003年，被哈佛大学授予荣誉博士学位。除了小说创作外，罗斯还写了大量的散文来阐释自己的文学思想，这些文章被收录在《阅读自我及他人》（*Reading Myself and Others*, 1976）和《随谈录》（*Shop Talk*, 2001）之中。

第三，罗斯是在世的美国作家中获奖最多者。他深受读者的喜爱与评论家的青睐。其在26岁时，就凭借处女作《再见吧，哥伦布》斩获1960年的“美国国家图书奖”，从此一发而不可收。迄今为止，罗斯两次获得“美国国家图书奖”，两次获得“美国书评人文学奖”，是唯一一位三次获得“美国笔会/福克纳奖”的作家。1998年，罗斯获得“美国普利策小说奖”，同年荣获白宫颁发的“美国国家艺术奖章”。2001年，他荣获美国国家艺术院最高奖——“小说金奖”，2006年获得“美国笔会/纳博科夫奖”，2007年获得首届“美国笔会/贝娄奖”。可以说，罗斯几乎横扫了所有的美国文学大奖，其高超的小说艺术以及惊人的创作力使他跻身当代美国文坛以及世界文坛最有影响力的小说家行列，也连续多年成为诺贝尔文学奖呼声最高的作家之一。在2011年3月2日，美国总统奥巴马授予罗斯“美国国家人文奖章”，以表彰其在人文学科领域中所做出的杰出贡献。

## 罗斯获奖，评委退出评委会以示抗议

罗斯自出道以来，就因作品中大量直白的性爱描写而一直为一些读者与批评家所诟病，使之成为一位备受争议的小说家，其著名的小说《波特诺的怨诉》（*Portnoy's Complaint*, 1969）更是一度被列为禁书。而此次罗斯斩获“布克国际文学奖”，也并非一帆风顺。

就在宣布罗斯胜出之后，本届评委会委员之一的卡门·卡利尔（Carmen Callil）宣布退出评委会，以示抗议。她把罗斯的作品称作“皇帝的新装”，以影射罗斯作品中有过多的性爱描写。她评论道：“他总是不断地重复着同一个主题，几乎每一部作品都是如此。仿佛他就坐在你的脸上压抑地让人喘不过气来……在我看来，他根本就算不上是个作家。”

然而，其余的两位评委之一，也是本次大奖的评委会主席瑞克·格考斯基（Rick Gekoski）则在回应中力挺罗斯。他说：“1959年罗斯出版了《再见吧，哥伦布》，这是他的成名作，一部非常精彩的小说。51年之后，78岁高龄的罗斯出版了新作《复仇》（*Nemesis*, 2010），同样精彩，让人惊叹……试问，有哪个作家能够在50年的跨度之下依然写出这样的杰作……我们来看一看普通小说家的创作轨迹吧，就像抛物线一样，他们首先有一个不断学习向上的过程，随后进入了创作的鼎盛时期，但随着才情的枯竭，他们在中年之后就开始走下坡路……罗斯却截然不同，步入中年之后他写得越来越好了。他上世纪末出版的作品几乎部部都是上乘之作，如《人性的污秽》(*The Human Stain*, 2000)、《反美阴谋》(*The Plot Against America*, 2004)、《我嫁给了一个共产党人》(*I Married a Communist*, 1998)等，而那时，他已经是六七十岁的老作家了，但怎么会依旧如此出色呢？"从这位评委会主席毫无吝啬的赞誉之词中我们可以看出，罗斯此次摘得"布克国际文学奖"的桂冠，应该说是实至名归。

对于此次获奖，罗斯表示："很高兴能够获得这项殊荣。我希望，这个奖项能够促使世界上那些对我仍不够熟悉的读者开始关注我的作品。"

## 关于罗斯的两大争论

实事求是地讲，虽然罗斯早期的作品因其富有争议的主题以及性爱描写曾引起读者与批评家的争论和犹太人的指责，但其创作确有其深厚的意蕴和深刻的主题思想，若非如此，他也不会在半个多世纪的时间内获得文学界及批评界的广泛赞誉和诸多荣誉，从而成为美国文坛最耀眼的明星。目前，学术界对于罗斯本人及其作品的争议主要集中在两个方面。

首先，罗斯是犹太作家，还是美国作家？这似乎是所有少数族裔的作家都会面临的身份问题。出生于犹太家庭的罗斯十分反感自己被人称作是犹太作家。他曾经公开表示："作为一个犹太裔的美国人，我十分清楚具有犹太血统意味着什么……我是一个美国人……美国对我而言是第一位的，也是最重要的……我不承认自己创作的是美国犹太小说。"尽管如此，犹太移民在现代美国社会的生存状况依旧是罗斯作品中的经典主题，他作品中的主人公也往往是犹太裔的美国人。他在早期的作品中用荒诞的手法描写了在美国出生的犹太青年如何努力背离犹太传统、背叛家庭，因而受到犹太群体及其他犹太人的猛烈抨击，甚至被谴责为是"自我憎恶和具有反犹太思想"的代表人物。到后来，罗斯的作品对犹太传统的态度变得日趋温和起来，这一点在其2004年出版的《反美阴谋》中体现得尤为明显。

罗斯的创作实践似乎也在印证着，从多方面和多角度书写美国犹太人生活的罗斯没有将自己禁锢在犹太文学的传统之内，相反，他就像自己笔下的人物一样，在创作中努力摆脱其犹太情结，将视野转向更为广阔的美国社会。罗斯说："我不是犹太作家，我只是一个身为犹太人的作家。我一生最关心的事和最大的热情就是写小说，而不是做个犹太人。"事实上，从罗斯一系列的作品可以看出来，他对美国社会有着极其敏锐的观察力，关注最多的还是美国价值观之类的大题材，作品也充满着美国文学的时代气息。

罗斯在《美国牧歌》（*American Pastoral*, 1997）中不仅逼真地展现了几代犹太移民对美国梦的理解、追求及梦想最终幻灭的过程，更冷静地分析并指出了美国神话与繁荣景象的局限性。罗斯在作品中经常聚焦美国政治上的大事件，《我嫁给了一个共产党人》猛烈抨击了20世纪50年代麦卡锡主义的荒谬，《我们这一帮》（*Our Gang*, 1971）影射了尼克松，《人性的污秽》则探讨了种族与同化等问题。此外，罗斯还注重描写历史事件对普通人的影响，他在由《美国牧歌》、《我嫁给了一个共产党人》和《人性的污秽》所组成的“美国三部曲”中，就特别关注越南战争对人们社会价值观的改变以及战后普通人内心世界所受到的影响。

由此可以说，在其长达半个世纪的文学生涯中，罗斯是以美国犹太人的生存状况为切入点，从而呈现了整个美国社会的历史变迁。

其次，罗斯的作品是自传还是杜撰？罗斯的作品是否具有强烈的自传性是一个颇有争议的话题。罗斯本人也曾就此十分高调地宣称：“我的生活就是用来捏造传记、编造历史的，从而以自己的真实经历为原型，杜撰出半虚构性质的故事来。”但细心的读者和批评家还是在其作品中不断地寻找罗斯家庭生活和个人经历的影子：譬如罗斯对其母亲的感情，两次失败的婚姻以及他对名望惴惴不安的态度等。《波特诺的怨诉》一经出版，就引来了大量读者对其小说中虚构的成分与作者亲身经历的猜测。最明显的莫过于，主人公波特诺与罗斯均出生于1933年，地点也均为新泽西州的小城纽瓦克。而故事中的女主人公玛丽·里德（Mary Jane Reed）影射的则是罗斯的第一任妻子玛格丽特·马丁森（Margaret Martinson）。

为了转移公众对其个人生活的关注，罗斯在后来的作品中给自己塑造了一个替身内森·祖克曼（Nathan Zuckerman），他是一位像自己一样因出版了一部惊世骇俗的小说而一举成名但也因此饱受非议的作家。罗斯借助祖克曼这个人物，既可以自由书写自己的情感世界、描述文人的尴尬处境，又不必担心作品被人们看成是纯粹的传记。然而，对其作品之传记色彩的讨论不但没有减弱反而愈演愈烈，更多的读者和批评家将目光转向挖掘罗斯与祖克曼之间的相似之处。评论家迈克尔·伍德（Michael Wood）甚至将祖克曼称为罗斯"改变过的本我"（alter id）。对此，罗斯的回应是："我到底是罗斯还是祖克曼呢？他们都是我……又都不是我。"

## 风格迥异的新作问世

2010年10月初，罗斯的新作《复仇》（*Nemesis*）出版。《复仇》是罗斯同名小说合集中的最后一部，前三部小说分别为《凡人》（*Everyman*，2006）、《愤怒》（*Indignation*，2008）和《羞辱》（*The Humbling*，2009）。同罗斯的其他作品一样，小说的背景设在美国新泽西州纽瓦克小镇，故事讲述了1944年爆发在该镇的小儿麻痹症疫情。但不同于罗斯以往出版的任何小说，《复仇》的风格不再是时刻充满着冲突与爆发，而是一部十分温情的作品，弥漫着一种让人心痛的温柔。

布奇·坎特（Bucky Cantor）是一位23岁的犹太青年，小镇上的体育教师。虽然从小失去母亲并被父亲遗弃，但在祖父母的悉心教导下，坎特成长为了一个勇敢、充满理想又有责任感的年轻人。他是受学生欢迎的体育教师，更是孩子们心目中的“英雄”。小儿麻痹症疫情的爆发打破了小镇原有的平静，人们逐渐陷入了恐慌之中，开始怀疑他人和其他族裔或许是疾病的源头，敌对和愤怒的情绪在不断蔓延。在刚传出小儿麻痹症疫情时，坎特不顾家人和女友玛西亚的反对，坚守在自己的工作岗位上不愿离开。他眼睁睁地看着无辜的孩童因流行疾病接二连三地倒下、死去，自己却无能为力，心中开始愤恨上帝的无情和命运的不公。随着感染的病例越来越多，坎特终于被女友说服，转往她所在的夏令营工作。但安全的环境并没有带来心灵的平静，相反，坎特日日夜夜都在愧疚中度过，纠结于个人安危与个人责任孰轻孰重的煎熬之中……

可以看出，小说的主人公不再是那个出现在罗斯多部小说里，有着强烈的自觉意识并且十分健谈的作家，而是一位平凡的、因视力不佳未能入伍报效祖国而感到歉疚的教师。有评论家称，小说的主人公布奇·坎特是罗斯塑造的所有人物形象中绝无仅有的一个，可以用“温柔”和“高尚”这样的词来形容他。

事实上，不仅罗斯的这本新作引人关注，关于罗斯及其作品的研究和著作同样受到重视。就在2011年，Cambria出版社还刚刚出版了一部新书，名为《菲利普·罗斯与祖克曼系列小说：创造一个故事世界》（*Philip Roth and the Zuckerman Books: The Making of a Storyworld*, 2011）。作者皮亚·马谢罗（Pia

Masiero）通过回顾罗斯所创造的祖克曼这个角色，从其最初在《捉刀人》（*The Ghost Writer*, 1979）这部小说中产生，到在《被解放的祖克曼》（*Zuckerman Unbound*, 1981）、《解剖课》（*The Anatomy Lesson*, 1983）等作品中的成长，以及在“美国三部曲”中人物形象逐渐变得成熟、丰满，直至最终在《退场的幽灵》（*Exit Ghost*, 2007）中谢幕这样一个由生到死的过程，探讨了罗斯如何在塑造并不断完善祖克曼这个人物的过程中，将自己的真实生活、人生经历以及自己作为作家这样一种身份成功地融入进来的问题。

从读者、批评界以及研究者对菲利普·罗斯及其作品的关注可以看出，如今的罗斯在当今美国文坛有着举足轻重的地位，被认为是能与其精神导师索尔·贝娄比肩的文学大师。他的作品已经进入美国文学甚至世界文学的经典之列，而他笔下的祖克曼也成了读者们耳熟能详的经典人物形象。尽管罗斯年近八旬，但却老而弥坚，且还立志将创作进行到生命的最后一刻。

我们有理由期待，能够在今后看到罗斯更多、更好的作品，更期盼有一天，能够在斯德哥尔摩的领奖台上看到他的身影……

（该文与冯元元合作）

# 十年来(1999－2009)中国西方文论的译介：成就、问题与对策

在经过了改革开放前二十年(1978—1998)的大量翻译、介绍、研究之后，中国对西方文论的译介进入了一个相对冷静、较为全面和更有选择的时期。特别是在近十年(即1999—2009年)中，在对“失语症”问题进行了热烈讨论之后，逐渐开始意识到了中国的西方文论研究在历经20年译介的狂轰滥炸之后所处的一个十分尴尬的地位：中国学者的自我在哪里？话语又在哪里？因而，学术界更加自觉地去注重建构自己在西方文论研究中的对话角色。本文希望通过对十年译介的回顾，对西方文论在中国的发展做一简要的梳理。本文所谓“译介”，指的是中国对西方文论的翻译、介绍、研究与教学。

## 译介的成就

大体上说，十年来，中国在西方文论的译介上有如下四个方

面的成就:

首先，相对来说，对西方文论的译介较为系统、全面。单就翻译而言，可以说，在近十年里，重要的、大牌的文论家的代表性著作或者论文，都已经翻译出版，或者有所介绍了。在西方很有名望，但在国内还未介绍的现象，已经很难找到了。限于篇幅，就不一一罗列。

而就介绍和研究而言，也同样注重系统和全面。其中，特别值得一提的是，山东教育出版社大概从1998年起出版了“20世纪西方文论研究丛书”，囊括了《女权主义文论》、《新马克思主义文论》、《现象学与解释学文论》、《精神分析文论》、《后殖民主义与新历史主义文论》等一批文论丛书。可以说，这套丛书既是对相关文论的梳理，也基本上代表了对前20年译介和研究的一个总结。

其次，对西方文论的研究也进一步趋向深入。2006年，外研社出版了《西方文论关键词》，共收录论文83篇，以一词一文的形式对西方文论当中的关键用语和时新词汇做了明确的阐释，在提供简明扼要的概念解说和背景介绍的基础上，对每一概念的发展衍变过程进行了较为仔细的梳理辨析，且力求在外国理论与评论的基础上提出我国学者的自家见解。这个时期，在学术界继续关注经典研究的同时，也更关注西方文论的最新动态。

自20世纪90年代末以来，一个特别值得一提的现象是，有越来越多的西方文论大家陆陆续续到中国访问、讲学、参加学术会议，既促进了他们与中国学者的交流，也在一定程度上推动了国内西方文论的研究，同时带来了他们最新的学术著作，带动了他们的代表作与新著在中国的译介。比如，弗雷德里克·詹姆逊（Fredric Jameson）、J.H.米勒（J.H. Miller）几乎每年都到中国来。齐泽克（Slavoj Zizek）2007年5月首次访华时在南京大学的讲座，在社会上也引起了很大的轰动，同时也促使他的著作成为了当时的学术畅销书。

再次，开始关注文论的普及化，并且开始出版了一些研究生教学用书。就文论的普及化而言，特别要提到北京大学出版社的“培文读本丛书”，出版了一系列的西方文论“读本”，诸如《福柯读本》、《斯皮瓦克读本》、《哈耶克读本》等，很好地起到了普及文论的作用。另外，这些系列还在继续出版之中。

教材方面，除了在中文学科中较为普遍使用的“西方文论（简）史”、“西方文论教程”、“西方文论讲稿”、“二十世纪西方文论”之外，有一些英文的西方文论的选读书目值得一提。外研社在2000年和2002年分别出版了《西方古典文论选读》和《二十世纪西方文论选读》。同时，上海外语教育出版社在2001年也出版了《二十世纪西方文艺批评理论》，选编了20世纪以来西方文艺批评各流派的代表作。它们都属于英语专业研究生教材。

最后，这个十年还有一个重要特征，即学术界更注重反思西方文论之于中国的学术意义，试图建构中国学术自己的话语，试图与西方文论进行对话，不是像过去那样单纯地接受，而是主动去反思西方文论深层意义上的不足与缺陷，并且试图弥补其不足与缺陷。

实际上，学术界在与西方“对话”问题上一直有“焦虑感”。在20世纪80年代末以及整个90年代，一直都有对于“失语症”与建设“中国学派”的讨论、争论，也在一些局部问题上有了新的思路，比如后来提出的“西方文论中国化”、“马克思主义中国化”等。

## 译介的问题

虽然近十年西方文论的译介取得了很大的成就，但仍然存在着不少问题，值得提出来在未来加以改善。这些问题主要体现在如下几个方面：

第一，经过改革开放三十年的译介，特别是近十年来的译介，西方文论的译介在系统性、全面性上尚有不足。以可以被看作当代女性主义批评实践的奠基之作《阁楼上的疯女人》为例，目前在市场上还看不到译本。据说20世纪80年代江苏教育出版社有出版，但目前在市场上未见过该译本。再以斯皮瓦克的成名之作，即为德里达的《论文字学》所写的长篇序言，早在1976年就出版了，但一直到2008年北京大学出版社出版的《斯皮瓦克读本》，才收录了完整的翻译版。这里所说的，并非个例，还有很多这方面的例子，值得引起学术界的关注。

第二，译介尚不够或者未能达到多样性、多样化。仍以女权主义为例，各国的女权主义的主张虽然都离不开“女权”，但都有不同甚至是截然不同的诉求、理论及其实践。而目前所看到的国内研究，还显得是“大一统”。比如，经过了近数十年的发展，女权主义的变种很多，包括黑人女权主义、新历史主义女权主义、女同性恋女权主义等，其理论大都自成一体。而我们对这些方面的译介还远远不够。就前者而言，除了中国社会科学出版社的《身份的疆界：当代美国黑人女权主义思想透视》之外似乎就别无其他了；而后者，则到目前为止，除了一些论述女权主义的著作中有所涉及之外，尚未见到这方面的著述。对由女权主义所引发的交叉学科就更缺乏译介和研究了。

第三，西方文论译介的时效性较差，与台湾同行相比，我们的差距很明显，跟不上时代的要求。一方面，在美国时，我经常逛书店，感到很多新书还远未介绍过来。而另一方面，一些非常值得我们翻译的，却大都被台湾出版商购买了中文版，包括繁体字版与简体字版。等到大陆想翻译出版的时候，就只能从台湾出版商手中去购买。比如，1999年由我校订的《文化帝国主义》，就是由上海人民出版社从台湾出版商那里购得的简体字版权。而据我所知，像这种情况现在很普遍，同样值得引起学术界以及出版商的重视。

在出版问题上，可能还牵涉到另一个同样值得引起我们重视的问题，即需要进一步解放思想，大胆引进在学术上具有创意和具有重要地位的作品。出版应该遵循和符合中国的法律法规，并且符合中国当下的国情，这都对，但出版界的一些自我约束，或者叫自我过滤，有时候显得过于敏感了，造成一些好的著述被台湾抢先买走了版权。2009年3月份，我在美国购买到了美国华裔作家哈·金的最新理论著作《移民作家》(*The Writer as Migrant*),是其三篇演讲稿的结集,所谈论的是像他那样的移民作家是如何写作的,观点极有创意和深度。在同年6月份举行的美国华裔文学研讨会上,我对这本书做了介绍后,某出版社的负责人对此表示了极大的兴趣,并说马上联系版权。而据了解,当时该书的中文版权尚在。但最后,我从出版商得到消息说,还是不愿出版了。时隔半年之后的2010年2月,我从网上看到,台湾某出版社已经将此书翻译出版了。为此,我很为中国(大陆)出版社在第一时间错失了一本好书而感到惋惜。像这样的事情,今后应该越少出现越好。

第四,虽然学术界已经意识到并为此做出了很大的努力,但在译介、研究中,我们看到依旧未能形成与西方文论“对话”的局面。在我看来,所谓“失语”,“失”的不是“话语”而是“思想”。就当下中国的西方文论研究而言,缺乏的是较为完整的思想与较为完备的理论体系,因此,也可以说,到目前为止,我们还不具备与西方学者对话的实力。从目前国内所召开的国际会议来看,不是国际学者人数过少,就是大家(中、外学者)各说各话。我们是不是可以说,在解决了西方文论的译介问题之后,今后中国学者需要解决的最重大的问题就是怎样与西方学者进行对话了。

最后,西方文论来自“西方”,但在以外语,特别是英语为最主要教授语言的外语院系,“西方文论”的课程却几乎全都是为硕士生、博士生所开设的,教材也是为他们编写的,却没有进入大学的主体——本科生的课堂。我们都知道,在中文院系的中文学科中，都有“文学理论概论”或者“文学理论”，同时，也有相关的教材。但奇怪的是，在外语院系的大学本科课程中，则没有文学理论类的课程（而带“理论”字样的课程只有语言学方面的理论课程）。在我看来，西方文论只流行在学术界而没有出现在大学课堂，没有对大学生产生影响，这对大学人文教育中所注重培养的“批评性思维”（critical thinking）极为不利。从某种程度上讲，在外语院系的课程中，文论可能已经成了唯一促使学生去思考的课程了。少了这样的课程，对于中国的大学教育来说，不仅令人遗憾，也是大学人文教育的重大缺陷。

## 未来译介的对策

其实，提出问题就意味着解决问题的开始。简言之，针对中国西方文论译介存在的上述问题所能提出的对策大致有三个：首先，译介文论之后，更应该注重研究，注重建构，努力建设中国自己的理论乃至体系。其次，出版界既要尊重中国的法律法规，但同时更要解放思想，少一些自我过滤，在译介中，注重学术著作的时效性、多样性，并弥补不全面、不系统的不足与缺陷。再次，应该倡导课程设置者，将文论纳入外语学科的本科生课程。将“西方文论”作为大学人文教育的有机组成部分。

# 那一年，她们在巴黎

2012年4月初，一本历史传记刚刚出版，旋即在美国引起媒体和读书界的广泛关注，《纽约时报》、《出版周刊》等报刊都刊登专文推介此书。这本书就是《巴黎岁月》（*Dreaming in French*），由美国芝加哥大学出版社出版。

该书名如果直译，意为“法文中的梦幻”，记录了三位美国杰出女性早期的一段生活，即在法国留学的时光。后来，她们都成为了在美国历史上赫赫有名的人物，说起来我们应该都不陌生：

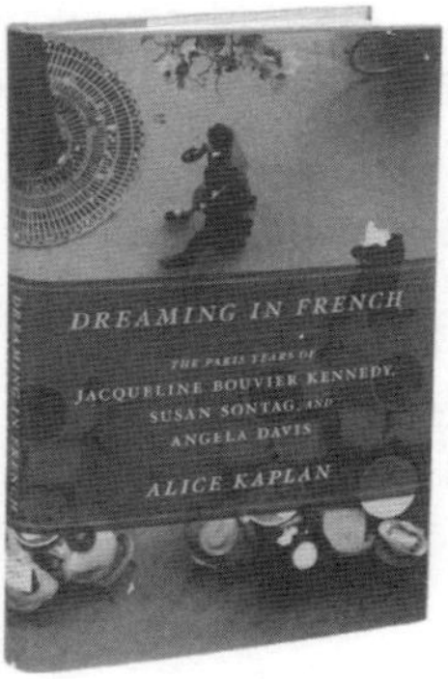


《巴黎岁月》

美国总统肯尼迪的遗孀杰奎琳·布维尔（Jacqueline Bouvier）、美国著名作家苏姗·桑塔格（Susan Sonta）与美国著名社会活动家安吉拉·戴维斯（Angela Davis）。

其实，关于上述三位杰出女性，均不乏传记之作，包括她们自己的自传。但《巴黎岁月》的独特之处，也是其独辟蹊径之处，则是分别选取了她们20多岁青葱岁月时到法国巴黎留学一年的经历，由此探索法语文化对她们的影响，特别是这段经历对她们后来的成长提供了什么营养，她们自身又是如何看待自己的法国岁月的，进而让人们看到了不同时期的美国文化与以法国文化为代表的欧洲文化对于个人所产生的重大影响。

由于杰奎琳曾经是美国第一夫人的身份，她更为人们所熟知。出生于1929年7月的她，1952年（23岁）在首都华盛顿一家报社担任摄影记者的时候，认识了当时还是麻省单身众议员的肯尼迪。当时，肯尼迪告诉她，说自己有意成为总统，杰奎琳觉得他简直是痴人说梦。但在一年之后，肯尼迪成功当选为参议员，人们就开始讨论他参选总统的可能性了。也正是在这个时候，这两个年轻人走到了一起。肯尼迪与杰奎琳的结合可谓门当户对、郎才女貌，自然成为了1953年美国社交界的一件大事。

后来的故事，人们都再熟悉不过了。1960年，肯尼迪入主白宫。有趣的是，杰奎琳对政治并没有太大的兴趣，而是整天忙于把白宫改造成为优雅与文化的殿堂。1963年11月22日，肯尼迪在达拉斯遇刺身亡。5年之后，杰奎琳搬到了纽约，住得离家人更近，但那时的她与媒体发生严重的冲突，因为媒体不断在炒作她的绯闻，后来她索性宣布，自己要嫁给希腊船王奥纳西斯（Aristotle Onassis），当绯闻成为事实，立刻震惊了美国社会和大众。1975年，奥纳西斯去世后，再度寡居的杰奎琳开始进入出版行业工作。并在维京出版社（Viking Press）和双日出版社（Doubleday）等担任编辑。1994年，在她64岁的时候，卒于纽约。

桑塔格出生于1933年，是美国当代著名作家。自20世纪60年代中期以后，她成为了公众人物，既是小说家，也是评论家，更是当代美国女权主义的代表人物之一。桑塔格在长篇小说、短篇小说、散文、戏剧的创作上均有突出的成就，代表作有长篇小说《在美国》和评论集《反对阐释》等。半个多世纪以来，桑塔格的作品已经成为当代文学经典，无论是在高校课堂还是在学术界都受到追捧和极大的关注。她创作的最大特征是模糊了高雅文化与大众文化之间的界限，提倡文化研究中的美学方法，强调风格多于内容。2004年，桑塔格因病去世。

三位女性之中，戴维斯是唯一一位在世者。她出生于1944年1月，现年70岁，是一位激进的政治家、学者和作家。早在20世纪60年代，戴维斯因为加入美国共产党、参加民权运动，尤其是在1969年，她任美国加州州长、后来的美国总统里根禁止她在加州任教而声名鹊起。次年8月，她因为卷入加州法庭暴动事件（造成法官被害的严重后果）而遭到全国通缉，上了FBI的黑名单，后被捕入狱。这一事件在当时的美国可谓家喻户晓，因此，人们也记住了戴维斯这个名字。但戴维斯在18个月后被无罪释放。20世纪80年代，戴维斯两度作为美国共产党的副总统候选人参加竞选。但她的一生，更多的时间还是在大学教书。她是加州大学桑塔科鲁兹分校的历史学教授，目前已经退休。

选择三位当代美国赫赫有名的人物作主角，作者所要面对的最大难题是：如何避开众所周知的事实，挖掘那些被历史所遮蔽的素材，选取怎样的视角，进而探讨怎样的问题。

本书作者极为巧妙地选择了这三位公众人物的一段共有的人生经验：她们都有在法国留学的经历，时间跨度都是一年，而且她们都向往法国，对法语与法国文化极为着迷，更为重要的是，这段留学经历，在她们后来的成长历程特别是各自的思想发展历程中，都留下了深深的印记，人们在她们后来无论是社会活动抑或是思想性的论述中，大都可以寻找到源出的脉络。因此可以说，《巴黎岁月》是一部记录了三位女性年轻时的成长经历的作品。

法国巴黎，是“二战”以后美国大学生的梦想之地。人们总是为能够在这个被称作是“光之城”的大都市待上一年而感到荣幸与快乐。而她们三位都是在20多岁正值青春年少的大学时代，作为留学生来到了法国的首都——巴黎，进入巴黎大学学习。

其实，正如那时所有的青年学子一样，早在到巴黎之前，她们对法国已经是向往已久了。巴黎、法语，这些词不仅存在于她们的想象之中，甚至也存在于她们父母的想象之中。因此，从某种角度讲，她们到巴黎留学，并不仅仅是自己留学，而是带着父辈的梦想去留学的。法国对于她们而言，就是能够让她们成为自己的一块宝地，或者说是保护她们不要变成自己所讨厌的那种人的地方。

由于年龄差的缘故，杰奎琳最早到巴黎，时间为1949—1950年，当时她20岁，还在美国瓦萨学院读本科；桑塔格在巴黎居住的时间为1957—1958年，当时她24岁，获得了美国大学妇女联合会的奖学金而到法国留学；戴维斯最晚到法国，时间为1963—

1964年，当时她还在美国布兰代斯大学读书，年仅19岁。值得一提的是，在这三人当中，杰奎琳和戴维斯都是法语专业本科生，也就是说，在大学的专业就是法语。由此来看，她们对法文的热爱与痴迷，似乎应该在情理之中。

本书的作者卡普兰（Alice Kaplan）是美国耶鲁大学的法语教授，研究领域包括文学与历史等。她指出，自己在创作中最为看重的是这三位女性之间的相同点，希望通过那些历史片段所组成的故事，看出这些历史的碎片所带给她们的影响。

但摆在作者面前的一大问题是，她们三位并没有留下很多当年在巴黎学习时的历史文献可供参考和借鉴。为此，卡普兰详细地挖掘并展示了三人当时所阅读的书目、所观看的戏剧以及当时法国知识界的思潮等，结合她们后来的发展，进而挖掘并合理推论出，法国给予了这三位女性一种深沉而永恒的自信心，使她们具有了一种冒险精神，也使她们大胆摆脱了家庭的束缚去追求个人的自由。

当然，三人的情况各有不同。

卡普兰在书中写到，杰奎琳的家庭有法国血统，其家族对此非常自豪。但若细论起来，杰奎琳本人身上的法国成分也不过八分之一而已。但杰奎琳在巴黎的日子却是多重世界的混合体。在学习之余，她像班上的其他女孩儿一样，除了把时间花费在了咖啡馆和博物馆，更多的时候还是沉溺在上流社会的各种活动之中。在法国期间，杰奎琳如饥似渴地阅读法国小说，迷恋法国先锋派电影，追逐法国时尚。这些，深深地影响了她后来的生活。

肯尼迪入主白宫后，曾经接到某些议员的抱怨信，认为总统夫妇“太法国化了”。甚至在1961年，当杰奎琳作为美国第一夫人重返法国的时候，肯尼迪在一次记者招待会上直言，“我不过是陪伴杰奎琳到巴黎来的人而已”。这一说辞令人浮想联翩，或许不难合理推断出杰奎琳对法国的热爱，早已让自己的丈夫感到望尘莫及了。

桑塔格曾经把自己称为“自我欧洲化的美国人”。她在法国的生活与杰奎琳有所不同，总体上说是更加开放。她在那个时候开始了在那时还不被人所接受的同性恋行为。她的生活似乎更加丰富多彩，每天能看好几场电影，大量读书，时常光顾酒吧与咖啡馆。事实上，在到法国时桑塔格已经结婚，且有了一个5岁的儿子。因此，在那时像这样出国留学，应该说实属不易。但到了巴黎之后，她与一位美国女性保持着密切的关系。在留学期间，她曾返回美国，目的是要跟自己的丈夫提出离婚。正是在这个时候，她彻底放弃了曾经有过的观念：精神生活应该把身体的愉悦排除在外。再后来，桑塔格把巴黎称为自己想象中的另外一个首都。而且，在2004年她去世之后，她的儿子把她葬在了巴黎。由此可见桑塔格对于巴黎的热爱。

戴维斯是位黑人女性，从小就生活在种族隔离政策盛行的阿拉巴马州的伯明翰地区。高中时她在曼哈顿居住过，并在那里学会了法语。等到她到巴黎留学的时候，恰好是美国伯明翰地区教堂爆炸案发生之时。她在法国也看到了种族歧视的现象，而这个国家曾经一直是美国黑人艺术家逃离美国的落脚地。在法国，她更多地接触了共产主义，从此开始走上信仰共产主义的道路，直至后来加入美国共产党，宣扬共产主义。她后来的很多激进行为，都与这一时期的思潮有关。到1970年她被全国通缉并被捕入狱后，其遭遇曾受到诸如福柯（Michel Foucault）这样的法国知识分子的关注。他们把戴维斯视为他们中的一员。当她被无罪释放之后，法国知识界还举行了庆祝会。当然，她后来的思想也有所转变，但始终不改的是她激进的政治与文化主张。

当然，《巴黎岁月》所要讲述的三位女性的故事，更多地还是着眼于这段留学生活是如何改变了她们后来的人生以及各自的生活的。

我们都知道，三位女性在后来都成了美国文化界、知识界和政治领域中的重要人物，甚至是人们的偶像。但在最初到法国去的时候，她们还处在青春年少之时，默默无闻，对自己的未来也一无所知。而她们之所以选择到法国去，就是因为唯有那时的巴黎，才能为她们提供自己所向往的那种文化氛围，一种令人仰慕的社会环境以及非凡的戏剧艺术。因此，即使在青年时期，她们已经在人生道路上追逐着自己的梦想了，虽然未来还不那么清晰可见。

当然，她们各自的出身与家庭背景不同，因而所感受到的法国文化也会有所不同。但相同的地方在于，她们都把法国文化的思潮、意识以及风尚带入以后的美国生活之中。杰奎琳把对法国的热爱带到白宫之中，也带入到了自己后来的编辑工作之中，一度甚至被人认为“太法国化了”。桑塔格正是在法国发现了精神生活的一种模式，从此她下定决心要去引领这样的一种生活。当时她在巴黎所观察到的知识界，对她后来的整个写作都产生了巨大的影响，也对其一生产生了重要影响。戴维斯则在自己的巴黎生涯中强化了自我的那份来自祖国的种族歧视的政治流放感，也明白了团结一致的力量所在。对她来说，巴黎是一座有着政治使命、激进主义成分和锋芒毕露的城市，正是从此她开始了自己的革命计划，也使自己成为了法国作家眼中的一位英雄。

《巴黎岁月》无疑是一部学术气息很浓厚的传记作品。作者在材料的搜集上下了大功夫，在作者把这些碎片式的文献整合在一起的时候，不仅让人们看到了每个人眼中不同的巴黎，不同时代的巴黎留学生的生活片段，也为读者提供了令人信服的结论证据。这部学术型的作品没有妨碍人们阅读时的那份引人入胜是作者的不同凡响之处。

需要指出的是，这三位女性在美国历史上特别是在女权主义、政治文化领域中的巨大影响力，恰恰涵盖了从20世纪60年代到20世纪末长达半个世纪的时间。寻找她们的思想源泉、奋斗目标的成型过程以及走过的历史足迹，无疑能够对当下有启发，更能够照亮人们的未来之路。

相信这本被《基督教科学箴言报》预言将成为2012年春季最佳图书的传记之作，还会受到学术界与图书界人士的更多关注。我们不妨拭目以待。

《虎妈战歌》无疑将成为2011年的第一书。作为一部传记作品，能够迅速在中美两国引发关于中西家庭教育理念的大讨论，其争论的规模之大、持续时间之长、讨论程度之深，几乎令所有人都始料不及。那么，这部作品究竟写了什么？引发中美两国社会各界交锋的观点在哪里？引发中西社会各界讨论的深层原因何在？这部作品对中国的教育又有怎样的启示呢？

## 中美文化冲突中的虎妈

《虎妈战歌》的英文版封面

2011年1月8日，美国《华尔街日报》（*The Wall Street Journal*）以《为什么中国母亲更胜一筹》（*Why Chinese Mothers Are Superior*）为题，选登了刚刚出版的《虎妈战歌》（*Battle Hymn of the Tiger Mother*）这部书的一些片段。可能任何人都没有料到，正是这些片段，在几天之内，迅疾在美国各种媒体包括报刊、网络、电视引发了大规模的讨论。《华尔街日报》的网页上，在几天之内就有了5000条评论，在脸谱（Facebook）上则很快有了将近100000条评论。借助于互联网，这部书的介绍及节选也迅速传到世界各地包括中国，几乎是同步引发了人们的广泛关注和一场场大讨论。很快，1月下旬，这部书的中文版以《我在美国做妈妈——耶鲁法学院教授的育儿经》为名在中国出版发行。

《虎妈战歌》的中文版封面

## 身份和背景独特的作者：耶鲁的华裔教授

这部书之所以迅速地在美国乃至西方与中国引起广泛的关注，首先与这部书的作者的背景和身份有关——她不仅具有中国血统，而且是在哈佛大学接受的教育，现在又是耶鲁大学的法学教授。

《虎妈战歌》的作者蔡美儿（Amy Chua），现年48岁，其祖辈是中国福建人，后来移民菲律宾。其父聪明好学，有数学天分，移民美国后，毕业于麻省理工学院（MIT），现为加州大学伯克利分校的名教授。蔡美儿是家中四姊妹中的老大，于1984年以最优荣誉毕业生的身份毕业于哈佛大学，1987年以荣誉毕业生的身份毕业于哈佛法学院。她在校时曾是《哈佛法律评论》的执行主编。蔡美儿现在是美国法学领域中的知名学者。其丈夫鲁本菲尔德（Jed Rubenfeld）是犹太裔美国人，同样为耶鲁大学法学院的教授。

蔡美儿夫妇育有两个女儿，大女儿索菲亚（Sophia），现年18岁，小女儿露露（Lulu）现年14岁。大女儿早年学习钢琴并取得了一定的成绩。小女儿自幼学习小提琴，后来兴趣转向网球。两人都曾参加多项音乐比赛并获得过各种奖项。

蔡美儿在书中介绍说，这本书“是关于一个母亲、两个女儿、两条狗的故事。也是有关莫扎特和门德尔松，钢琴和小提琴，以及我们怎样走入卡内基大厅演奏的故事。或者应该说，这是一个中国式家长如何比西方式家长更加出色地养育孩子的故事”。同时，作者也承认，这也“是不同文化间的一场尖锐的交锋”。

我们可以设想一下，如果是一位中国母亲写就这样一部作品，无论其身份如何特殊，都应该不会引发如此广泛的关注。当然，引发争论的绝不仅仅是作者的身份，其深层的原因更多，也更值得引发我们的深究和思考。

## “中”、“西”教育理念的一次大碰撞

蔡美儿在书的封面上明确提到了两个词，即“中国的”（Chinese）和“西方的”（Western）。当然，谈论“中”、“西”，自然要对其作出定义。蔡美儿在书中说，她是在“很宽泛的”（loosely）意义上使用“中国妈妈”（Chinese mother）和“西方父母”（Western parents）这两个概念的。因为“中国妈妈”在家教

上的所作所为，在她所认识的一些韩国裔、印度裔、牙买加裔、爱尔兰裔和加纳裔家长身上，同样能够看到。而很多中国血统的妈妈们，特别是那些出生在西方的母亲，并不能被称为是“中国妈妈”。而“西方父母”同样也是各式各样的，并能一概而论。由此，我们可以看到，蔡美儿使用的这两个概念，严格来讲，应该译为“中国式妈妈”和“西方式父母”可能更为准确一些，也更能代表作者想要表达的意思。

但我们不能不意识到的是，这恰恰就是一次“中”、“西”教育理念的大碰撞，不仅如此，在这场大碰撞中，作者的判断是：中国式的教育理念大获全胜。

首先，从“中国母亲更胜一筹”这一判断式的标题就充分显示了作者的态度。虽然原题省略了“比美国母亲”，但如果恢复一下原句，那它的判断句就应该是“中国母亲‘比美国母亲’更胜一筹”。如果对近百年中、美教育理念的沟通与交流稍有了解的话，任何一个人下这样的定论，即便不说是惊世骇俗，那也是在平静的湖面上扔了一块巨石，所引起的不仅仅是涟漪，也就在情理之中了。

其次，书中透露出的诸多被作者称之为“中国式”的育儿原则，具体而真实，在作者看来，效果明显。比如，母亲为自己的孩子制定了很多的规定，类似于中国常说的“几不准”，包括：不准夜不归宿、不准交友、不准参加学校的娱乐活动、不准抱怨不能参加学校的娱乐活动、不准看电视或玩电子游戏、不准擅自选择课外活动、不准有科目成绩低于A、除了体育与戏剧课外，其他科目不准拿不到第一、不准练习钢琴与小提琴之外的任何乐器、不准不练习钢琴与小提琴等。作者认为，正是这样的高标准、严要求，才造就了女儿今天的成功。这无疑是“中国式”育儿原则的成功范例。

再次，作者从自己的育儿理念和原则出发，总结出了中国式家庭教育理念高于西方式家庭教育理念的很多特点。比如：作者认为，中、西家庭教育理念有三大不同：第一，西方式家长极为关注孩子的自尊心（self-esteem），或者说是孩子的心理（psyches），但中国式家长则不然，更关心孩子的学习，并且相信只要加紧督促孩子努力，孩子就会成功。第二，中国式家长可能是由于受儒家的影响，从而相信自己的孩子应该绝对地服从自己，具体表现就是要听话和让他们感到骄傲。但西方式家长则认为，孩子是孩子，家长是家长，家长应该为孩子负责这没错，但不能越俎代庖，孩子还是应该更多地为自己负责而不是对家长唯命是从。第三，中国式家长总是相信自己比自己的孩子更知道孩子需要什么，因此总是把自己的欲望和喜好凌驾于孩子的欲望和喜好之上。但西方式家长则不同。由于这样的理念之不同，导致了中国式家庭教育更容易培养出成功的孩子来。——自然，这其中的高下之分，显而易见。

## “中国式”育儿细节震惊美国

通过《虎妈战歌》的介绍，人们知道，这本书不过是一个母亲和两个女儿之间的故事，简言之，就是母亲如何培养女儿成长的故事。但引发如此广泛争论的原因，更多地集中在作者教育孩子的实践上，即将其家庭教育理念及原则付诸实践的过程及其细节。那么，她都有什么样的做法使得美国社会感到难以接受，也在中国引发人们的反思呢？

比如，有一次，作者的大女儿索菲亚对她表现出了大不敬，做母亲的就大声呵斥女儿为“垃圾”（garbage）。这在作者看来，虽然不好但也无妨。但是，当她在出席一个晚宴讲述这件事的时候，立刻就受到了大家的排斥。其中一位客人听后，不仅为孩子伤心落泪，还愤而离席。由作者所叙述的这个故事，我们就可以想见普通美国人对她其他故事的反应了。

比如，有一次作者过生日，孩子们随手所做的一个纸叠的生日礼物被她当面扔掉，还遭到了她的呵斥，说我每天为你们操劳，你们生日的时候，提前几个月我就开始准备礼物。现在轮到我了，你们却这么来应付我。我应该得到更好的礼物。此后，孩子们准备了更好的礼物，这件事才算过去。

比如，在一个寒冷的冬日下午（书中描述说那天是“当年最寒冷的几天之一”），蔡美儿为了培养孩子的兴趣，就想教她还不到三岁的小女儿露露学弹钢琴，但遭到了女儿的拒绝。为了下决心让女儿成为一个听话的孩子，她不管不顾孩子的哭闹，坚持要她按照自己的命令行事。她对孩子说道：“如果你不听妈妈的，你就不能待在屋里。你说，你到底是准备做个好孩子呢还是想到外面去？”孩子不听她的，就走到了门外，而孩子当时身上的衣服少得可怜!

客观来说，像上述第三例这样较为极端的事件，在美国这样的西方国家，人们是很难容忍的，这可能是作者最为人们诟病的例子之一了。因此，就连作者本人也承认，她看到孩子这样，不得不改变策略，想尽一切办法哄孩子进屋，否则孩子就会冻坏了，而自己也会因此而坐牢。

## 作者无力的辩解：《虎妈战歌》并非育儿指南

据《纽约时报》报道，蔡美儿虽然只花了八个星期就写成了《虎妈战歌》，但却提前拿到了数十万美元的稿酬。只不过，估计蔡美儿可能没有想到，她在字里行间所流露出来的那份洋洋得意，很快就在现实中遭遇了冰冷的冬天，其处境用“四面楚歌”来形容可能一点都不过分。

随着《虎妈战歌》争论的深入进行，对蔡美儿教育孩子的理念，特别是对其家教过程的批评和质疑之声越来越多，负面评价也越来越多，而这种否定性的评价不仅来自美国及其西方社会，也来自美国及其西方国家的华裔社区，还有来自美国大洋彼岸的中国大陆。

在《虎妈战歌》的选段发表后不久，蔡美儿不仅接到了成百上千的电子邮件，甚至还收到了死亡威胁。尽管有人认为哈佛中那些精英的亚裔父母们，一定是做对了什么才会培养出这样优秀、能够进入“常春藤盟校”的孩子来，但多数人还是无法容忍蔡美儿的育儿理念及其作为，把她称为“怪物”和“疯子”。

在受到了空前的前后夹击之后，蔡美儿也为自己做了很多的辩解，其接受记者的采访、回答读者提问，几乎全都是在为自己辩解，甚至其女儿也不得不站出来为自己的母亲进行辩护。

蔡美儿在为自己辩解时说，自己的书，不过是一个回忆录而已，并不是一个育儿指南。同时，她透露说，《为什么中国母亲更胜一筹》这个题目尽管很吸引人，但并不是出自本意（其暗含的意思是，此乃出版社或者报刊的所作所为，有炒作的成分在），而且，她也并不认为中国母亲更胜一筹，因为家教无定式，很难说谁的方法才是正确的方法。

蔡美儿声称，自己的书，其实有很多玩笑、揶揄、自嘲乃至自我检查的成分，可惜大家没有看出来。她在回答读者的问题时提到，自己的书中有很大一部分内容，都是自己怎样决定要脱离严格的“中国式”的教育方法，特别是在女儿13岁之后。而且她表示，如果时间可以重来，她可能还会那么做，但会有一些改进。她一再表示，她并不认为自己的方式适合于所有人，也并没有说这是一个更好的育儿方式。

看到母亲的困窘，蔡美儿的女儿不得不站出来为母亲一辩。索菲亚在《纽约邮报》（*New York Post*）上发表了一封给母亲的公开信，信中说，自从出版了《虎妈战歌》后，您就一直遭受人们的批评，但问题是，“有些人并不懂得您的幽默之处。他们认为您是很认真地在写这些事情，而且，他们理所当然地认为露露和我受到了我们邪恶母亲的压迫。那绝不是事实”。

但这样的解释，并没有得到人们的认同。《纽约时报》发表的文章中说，读《虎妈战歌》，你很难发现作者什么时候是在开玩笑。

## 孩子的“幸福”重要，还是“成功”更重要

若一言以蔽之，无论在美国，还是在美国的华人社区，抑或是在中国，大家的批评和质疑之声最为集中的一点就是，在教育孩子的过程中，家长所关注的应该是孩子的幸福，还是成功。

这个问题看似抽象，但在现实生活中，却非常具体。就家长而言，也就是要把孩子培养成人，还是把孩子培养成“才”的问题。就蔡美儿的理论而言，她认同中国式的教育理念，那就是要把孩子的学习及其获得成功看得更为重要一些。在蔡美儿看来，中国式父母都认为，除非孩子擅长什么，否则就谈不上好玩儿（fun），但要擅长，那就得努力学习，但孩子们都是不愿学习的，那应该怎么办呢？这就要依靠家长的监督和督促了。因此，这个时候也就顾不上孩子的爱好和感受了。在她看来，西方式的家长总是轻易地放弃。只要孩子不乐意，他们就表示同意。

但这样的观点，在西方无疑是不能令人接受的。因为幸福不仅是人首要应该考虑的，而且也应该是终极应该考虑的因素。

2月9日，英国广播公司记者采访蔡美儿时出现了一个有趣的细节。当她侃侃而谈时，记者问道，在你的书中，最缺乏的一个词是“幸福”（happiness），你谈了很多孩子所取得的成就，也谈到

了孩子们的坚强的意志，等等，但你却从来没有说过，我怎么让自己的孩子感到幸福。蔡美儿的回答是，“如果你非要让我在‘幸福’、‘成就’或者‘成功’之间来选择，那我觉得‘幸福’居于第二位。”这话令采访的记者大为震惊，不禁惊呼：“真的吗？我真难以置信！”

在美国的华裔社区，我们可以看到很多的人都在批评蔡美儿这样的理论和做法，甚至有华裔发起抵制购买《虎妈战歌》的活动，以抗议她用自己错误的理论和实践，强化了中国式家庭教育理念及其方法在整个西方的刻板形象。而有些华裔在评论中说到，我真的是很难想到作者是在美国出生和长大的，更不会想到她会以这样的方式来教育孩子。

同样，在大陆，我们看到很多的评论也是对这种育儿理念及其方法的质疑与批评。虽然也有人认为，像现在这样的家庭教育方式已经随着中国独生子女的成长几乎要烟消云散了——因为人们再也不会像过去那样严格要求甚至是靠打骂来管教孩子了，但大多数人还是认为，这样的方式潜在于我们的家庭教育之中，并且认为如果允许这样的理念和方式存在，那《虎妈战歌》就不是中国妈妈的战歌，而是悲歌、哀歌和挽歌。

## 哈佛对耶鲁：家长应该如何评价孩子

其实，在蔡美儿接受英国广播公司记者采访之前的1月26日，在达沃斯世界经济论坛上，会议组织了一个有趣的晚餐辩论会，对话的一方是《虎妈战歌》的作者、身为耶鲁大学教授的蔡美儿，另一方则是哈佛大学前校长萨默斯（Lawrence Summers）。

在这个对话会上，萨默斯的一番话，值得引起我们的深思。尽管他也认为自己是个严厉的人，对孩子要求也很严，但萨默斯还是说，自己的孩子看到《虎妈战歌》的故事一定会感到震惊。他委婉地批评道，也许蔡美儿的观点是错误的。

萨默斯特别提出："创造力"，应该成为教育家和家长更为关注的一个有价值的评价体系。他开玩笑地说，在哈佛，得A的学生未来当教授，而拿C的学生未来成为富有的捐赠者。为此，他提出了一个问题，在过去的25年当中，哈佛的哪两位学生改变了世界呢？大家都知道，无疑是比尔·盖茨（Bill Gates）和马克·扎克伯格（Mark Zuckerberg），但他们两位却都没有能够从哈佛毕业。萨默斯说，对于那些对孩子要求很高的虎妈妈来说，她们恐怕很难会支持自己的孩子从哈佛辍学去从事自己乐意做的事情。接着，萨默斯又说到，还有第二个问题也应该值得考虑，即"人们平均有1/4的时间是自己的孩提时代。这个时间很长。在这18年的时间之中，尽量让他们感到幸福，这很重要"。

这话多么中肯！是啊，其他一切我们都可以放下暂时不论，单单从剥夺一个孩子一生当中1/4的幸福时光，从而为他们未来的成功买单，这样做是不是合适，的确值得我们深入思考。

## 《虎妈战歌》缘何引发如此巨大的争论

从表面上看，至少应该有以下一些原因，使得这部书能够迅速引起人们的广泛争论。首先，这是一本有关家庭教育理念及其实践的书，而家庭教育，无论在中外都会引发人们的关注。其次，这部书中所描述的育儿故事，非常具有中国特色，而所涉及的那些特色一向被中美两国的教育人士评价为是负面的甚至是错误的和亟待改进的，但这部书却以自己中国式教育成功的范例，批评了与之相对的西方式的教育理念与方法。无疑，唱反调总是更能引起人们的重视。再次，这部书的作者蔡美儿是美国名校耶鲁大学的名教授，且是个华裔。这足以在中美两国成为人们的关注点。最后，出版社的成功炒作。据《纽约时报》报道，作者只用了八周的时间就写就了这部书，出版社为此预付了数十万美元的稿酬。在面临如潮的批评之后，作者曝出，报上刊登的《为什么中国母亲更胜一筹》这一醒目的标题，并不是源于她自己。

但究其实质，我认为，在目前众多的评论中，有一个重要的因素可能还没有引起人们的注意，那就是：《虎妈战歌》可以被认为是在美国这样的西方大国，第一次有名校的名教授公开为中国式的家庭教育高唱“赞歌”。在我看来，正是这个因素导致了该书具有如此巨大的影响，并引发人们讨论的狂潮。而且，《虎妈战歌》的作者在书中直言，自己所用的代表对立双方的教育理念的词，一个是“中国式妈妈”，另一个是“西方式父母”。这就不仅仅是把“中国”和“美国”对立起来了，而且是把“中国”和“西方”对立起来了。

人们都知道，自19世纪后期以来，中国的有识之士为中国社会的未来所开的药方，其中之一就是向西方的教育制度和理念学习。如果对中美教育理念的交流稍有了解，从近代以来，如此高调地宣扬中国式家庭教育要高于以美国为代表的西方式教育制度的，这应该是第一例。如果忽略了这一点，我们就可能很难理解何以这部书会在中美两国引发如此巨大的反响。

## 中西教育之间：一场没有硝烟的战争

就教育而言，家庭教育既先于学校教育，也先于社会教育，其重要性自不待言。中国古人所说的“养不教父之过”，从一个侧面说明了家庭教育的重要性。《虎妈战歌》引发“蝴蝶效应”的最大益处在于，使得中美两国乃至东方和西方社会，更加关注家庭教育，在更深层次上反省各自的家庭教育，也更加关注家庭教育对于孩子成长的重大意义。从这个意义上说，《虎妈战歌》引发的大讨论不无裨益。

同时，我们还必须看到，这场争论对于中国当下的教育改革，仍然具有启发意义。

第一，我们应该意识到，《虎妈战歌》涉及的是家庭教育，而不是整个教育。而家庭教育，实事求是地讲，蔡美儿所奉行的这套育儿理论，在中国有着更为根深蒂固的群众基础。在我们这个社会中，还有太多这样的家长，或多或少都有着只考虑孩子成功与否却忽略孩子感受的教育理念及教育方式。类似“不能让孩子输在起跑线上”这样被广泛传播的理念，就与蔡美儿的成功理论有着天然的内在联系。我们不能忘记的是，蔡美儿所生存的环境是在美国，要改变这样大家认为是不妥乃至错误的家教方式，有着宽松的社会环境，但在中国，如何改变现状，则就任重而道远了。

第二，就家庭教育而言，作为家长，应该在关注孩子学习的同时，更多地关注孩子们的心理和自尊。在我们的社会上，因为只关注孩子的学业而忽视其心理所出现的问题甚至是悲剧，已经绝非个案了。同时，我们还应该注意一个问题，就家庭教育而言，接受过什么样的家庭教育，那么这样一种家庭教育的理念及其方法，就很可能会一代一代地传下去。蔡美儿就是一个典型的例子。虽然蔡美儿的女儿站出来为自己的母亲说话，但她可能忘记了自己在小的时候，曾经是多么痛恨那个时候的妈妈和自己的生活。也正是她们，在全家到莫斯科旅游的时候，在餐馆中喊出了“我痛恨自己的生活！我痛恨我自己！”这样令人揪心的话。像这样令人痛心的场景，从心理学角度上说，很难从孩子幼小的心灵中抹去。我们更不能忘记的是，虽然蔡美儿的两个女儿现在在校很优秀，但毕竟她们才一个18岁，一个14岁，未来的路还很长。想要证明其母亲过去的教育方式没有问题，也没有给她们的未来留下不良的印迹，同样也需要时间来证明。

第三，家庭教育的一个特征是，普天之下所有拥有（过）家庭生活的人都有发言权，且都可以根据个人的切身体验说出一套自己的理论来。但我们始终不能忘记的是，孩子的健康成长应该成为我们考虑的首要因素。虽然也有人认为，像《虎妈战歌》中严酷的家庭教育方式已经随着中国独生子女的成长几乎要烟消云散了——因为人们再也不会像过去那样严格要求甚至是靠打骂来管教孩子了，但我想，这样严格的教育理念及其方式潜在于我们的家庭教育之中，应该是不争的事实。如果我们允许这样的理念和方式存在，那《虎妈战歌》迟早要成为中国妈妈的悲歌、哀歌和挽歌。其实，孩子们的幸福感，应该远比未来的成功更重要。况且，谁又能说，让孩子们幸福了，他们未来就不会成功了呢？

第四，蔡美儿的书之所以能够引起如此轩然大波，并让中美两国社会各界同步讨论家教问题，与其家庭背景和自己特殊的身份不无关系。蔡美儿的父亲毕业于名校，身为名校教授，而他也是如此培养自己的女儿的。在父亲的培养下成为哈佛的毕业生，经过个人的努力又成为了耶鲁的教授，这样的例子，导致蔡美儿沿用父亲中国式的教育理念似乎是顺理成章。就外界而言，想反驳似乎总也找不到反驳的理由。毕竟，你很难对一个成功的案例说三道四。但我们不能忘记的是，就中西而言，两种家庭教育理念及其实践，都有众多成功的范例，只从个别例子来说明各自教育理念及其实践的对错，都是没有说服力的。在21世纪的中国，在当下和未来竞争如此激烈的情况下，如何培养我们的下一代，努力做到最好、如何在培养他们成人和成才的过程中，照顾到他们的心理和自尊，这倒是我们应该从西方式教育模式中吸取所长的地方。

《虎妈战歌》所引发的中西家教乃至中西教育理论和实践的争论和冲突一时还不会消失，而这场没有硝烟的战争也很难分出胜负，但家庭教育先于学校教育，作为家长，如何培养孩子长大成人，如何为国家和社会输送21世纪合格的生力军，确实是值得全社会深入思考的大问题。

# 美国人笔下的中国故事

《雪花与秘扇》

据报道，由李冰冰、全智贤、休·杰克曼、邬君梅、姜武等主演的电影《雪花秘扇》，于2011年6月24日在中国内地开始公映，而该片还将于7月15日在北美全线上映。我们相信，随着电影《雪花秘扇》在中国大陆的放映，一定会带动更多的读者去关注这部电影的原作《雪花与秘扇》及其作者——美国华裔女作家邝丽莎。在这篇文章中，我们将对邝丽莎及其《雪花与秘扇》做一个简要的介绍。

## 一

邝丽莎的英文原名为Lisa See，按照英文的表达习惯应该翻译为"丽莎·泗"。这个英文名字在汉语中曾经有过不同的翻译，也有过争议。在我国的台湾，Lisa See被翻译成"冯丽莎"。最后经证实，包括一些学者向Lisa See本人确认，其中文的"姓氏"应该为“邝”。但很显然，这与其英文中的“姓氏”——“See”有所不同。何以会如此呢？

这其中有两段故事，我们不妨分开来讲。

Lisa See的曾祖父叫“邝泗”，英文名为Fong See。所以叫“泗”，乃在家中的五个儿子中排行老四而得名。有趣的是，在Fong See于1870年赴美的时候，移民局官员按照美国人“名字在前、姓氏在后”的习惯（这一点与中国人“姓氏在前、名字在后”的习惯恰恰相反），认定Fong See的See为他的姓氏，于是在表格的“姓氏”栏内填写了“See”。而更有趣的是，这个Fong See从此就将错就错，把“See”当成了自己的姓氏。Lisa See的父亲就叫Richard See。——Lisa See在其第一部作品《百年金山》中讲述了这个故事。

那么，“邝”的拼音何以成了“Fong”呢？《百年金山》中清楚地表明，Lisa See的家族前辈都来自中国的广东省，其家族的姓氏是“Fong”。很多读者一定会问，“Fong”与“邝”之间有什么联系呢？据有学者和媒体考证，“邝”这一姓氏的起源，来自南海的“方”姓，而在当地的乡音中，“方”的发音与“邝”相近。这样一来，人们就能够理解为什么（在过去韦氏拼音时代）把发音相近的“方”和“邝”的拼音标写为“Fong”了。但反过来说，如果真去追究其“姓氏”的话，正确的应该是“邝”而不是“方”。

由此可见，如果一定要还原“丽莎·泗”的中文名的话，应该叫作“邝丽莎”。在本文中，我们也采用通用的“邝丽莎”。

# 二

邝丽莎1955年2月18日出生于法国的巴黎，但在美国的洛杉矶，特别是洛杉矶的唐人街长大成人。1979年，她毕业于加州洛杉矶市洛约拉马里蒙特大学（Loyola Marymount University）（美国西海岸最大的天主教大学），获得学士学位。

在此后的1983—1996年间，邝丽莎一直担任《出版商周刊》（*Publishers Weekly*）在西海岸的记者。后来，她为许多文化活动而写作，并且亲自领导了不少文化活动。在这些活动中，她都强调自己所在的洛杉矶这座城市及其唐人街的重要性。2001年，邝丽莎获得当年年度"美国华裔女性人物"，2003年获得"历史创造者奖"。她是一位演讲家，现在还担任着洛杉矶市的市政专员（City Commissioner）之职。

值得关注的是，如果不介绍其华裔的血统或者背景，应该不会有人把邝丽莎与中国联系在一起，这是因为她长了一张典型的欧美人面孔，白人皮肤，金发碧眼，几乎不会说汉语。但她身上所流淌的八分之一华裔血统，却对其生活和创作产生了巨大的影响。这主要表现在她的创作大都以中国或者中国文化为母题，其主人公则都是中国人或者是华裔。

作为小说家，邝丽莎的处女作品是《百年金山——我的美籍华人家族奋斗史》（*On Gold Mountain: The One-Hundred-Year Odyssey of My Chinese-Amerian Family*, 1995）。该书一出版，旋即登上《纽约时报》的畅销书排行榜。

自1995年迄今，除了在1999年到2003年间隔了四年之外，邝丽莎基本上是每两年出版一部作品，而且，其作品在出版之后大都获得了读书界和批评家的好评。1997年，她出版了《花网》（*Flower Net*），该书获得美国爱伦·坡提名奖。1999年出版了《内地》（*The Interior*），2003年出版了《龙骨》（*Dragon Bones*）。2005年出版的《雪花与秘扇》（*Snow Flower and the Secret Fan*）取材于湖南女书，出版后轰动一时，销量超过100万册。2007年出版的《恋爱中的牡丹》（*Peony in Love*），讲述的是17世纪古代中国的怀春少女的爱情故事。2009年的《上海女孩》（*Shanghai Girls*）出版后同样大受欢迎，登上《纽约时报》畅销书排行榜。就在2011年5月31日，她出版了《欢乐梦想》（*Dreams of Joy*），该书出版后的第二周就登上了《纽约时报》畅销书排行榜的首位。而随着电影《雪花秘扇》的公映，小说《雪花与秘扇》也再次荣登《纽约时报》畅销书排行榜。

## 三

《雪花与秘扇》是邝丽莎于2005年出版的一篇力作，小说一经问世便获得了广泛的好评。那么，《雪花与秘扇》讲述了一个什么样的故事呢?

简单来说，《雪花与秘扇》是一个中国古代的故事。故事发生的地点在湖南南部的永明县。但要说清楚这本小说的故事，至少需要先介绍两个术语，一个是“女书”，一个是“老同”。

“女书”又称“女字”，起源于中国湖南省永州市江永县，又叫“江永女书”，这是中国对世界的一大贡献——因为它是世界上唯一的女性文字。其主要功能是女性之间的一种特殊的、较为私密的表达方式，甚至称其为女性之间的沟通密码也无不可。

所谓“老同”，一般是指同年出生、长相相近、性情相投的女孩儿之间的一种相互关照、相互爱惜的关系，甚至可以理解为是一种精神契约。这是在中国男性封建统治压迫之下所产生的一种女性之间的特殊关系。这种相互依存的情谊，可以延续一生。

需要特别提到的一点是，据作者称，这里的“老同”并不是指当今人们所说的“同性恋”。当然，读者对此也可以见仁见智，而不必非要认同作者的观点。

下面，我们可以转入作者所要讲述的故事了。

故事的两位女性主人公分别叫“百合（Lily）”和“雪花（Snow Flower）”。她们两个出身迥异，“百合”出身卑微，生长在甫尾村的一个农民家庭，而“雪花”则出身名门，接受过良好的家庭教育，举止文雅。谁知世事难料，命运难测。由于家庭的变故，也可以说是命运的安排，不属于同一个阶层的两个人从小结为了“老同”（old sames）——一同在闺房共度时光，一同忍受裹脚的摧残，一同学习女性的神秘文字“女书”。她们以一折纸扇为证，相约今生今世结为“老同”，永不分离。

然而，造化弄人。“百合”和“雪花”在各自成家以后，她们的命运发生了逆转。出身高贵的“雪花”嫁了个屠夫，不仅过着拮据的生活，还经常遭到丈夫的毒打；而出身贫贱的“百合”却嫁入了豪门——鲁家，在婆婆去世后，她取代了婆婆的地位而成为位高权重的鲁家太太。虽然如此，她们两人依然情深意切，用女书传递心弦，但终因境遇不同，在逐渐有了隔阂之后，从此不再往来。直到“雪花”在弥留之际，“百合”才终于明白是自己误解了“雪花”，这才化解了两人之间的隔阂，重归于好。

## 四

《雪花与秘扇》之所以受到读者的热烈欢迎，至少应该有如下两个方面的原因。

首先，从整篇小说的内容和情节来看，邝丽莎无疑是站在女性的角度来审视两位女性的人生经历和发生在她们之间的故事的，其揭露处于封建时代的中国男权文化是如何对女性进行摧残和压制的描写令人印象深刻。比如，关于中国古代女性必须缠脚的描述，对于“女书”产生的缘由和运用，甚至对女性自觉认同男权思想的表现，都见出作者对中国文化的深度思考。

其次，小说的艺术手法引人入胜。该小说虽然讲述的是凄美动人的女人故事、中国故事，但其写作手法侧重于人物命运，特别是命运跌宕起伏之下的人物经历和生活状态，给读者带来了一定的反差，甚至是思想上的冲击。从某种程度上看，这种写作手法更多地唤起了读者对主人公命运的同情、感慨与共鸣，也就强化了小说的艺术性和思想深度。

华裔文学的前辈作家金斯顿（Maxine Hong Kinston）、艾米·谭(Amy Tan)都对这部长篇小说推崇备至、大加赞扬。金斯顿对该书可谓赞不绝口，称之为是本精彩绝伦的书，深深地吸引了她自己，令人难忘。艾米·谭也认为，《雪花与秘扇》是邝丽莎写过的最好的一部书，故事凄美，可以称得上是对刚刚逝去的现实和神秘的世界充满了无限遐想的传奇。

《雪花与秘扇》通过两个女人的生命历程，让我们看到了中国那样一个时代的历史状态，思考着当下中国乃至全世界所有女性的命运……

（该文与王凯合作）

# 挖掘那段沉默的历史

## ——格伦威尔与她的《神秘的河流》

凯特·格伦威尔(Kate Grenville)1950年出生于澳大利亚的悉尼,是澳洲著名的女作家。她获得过悉尼大学和科罗拉多大学的学位,曾经分别在欧洲和美国工作和学习过七年。虽然她曾做过电影导演、记者、打字员和教师,但她还是以作家的身份以及所创作的众多优秀的文学作品而为人所知。她的主要作品有:《丽莲的故事》(*Lilian's Story*)、《梦之屋》(*Dreamhouse*)、《琼创造了历史》(*Joan Makes History*)、《黑暗之地》(*Dark Places*)、《完美主义》(*The Idea of Perfection*)等。

作为作家,格伦威尔既是出色的,也是幸运的。她的作品屡获大奖。自创作以来,小说《丽莲的故事》1984年赢得了澳大利亚/沃盖尔奖(Australian/Vogel Award),《黑暗之地》获1995年迈尔斯·富兰克林奖(the Miles Franklin Award)的提名,《完美主义》2001年获英国柑橘文学奖。而《神秘的河流》则获得了2006年的联邦作家奖(Commonwealth Writers' Prize),并获得2006年迈尔斯·富兰克林奖提名。凯特·格伦威尔现为专职作家，居住在澳大利亚的悉尼。

《神秘的河流》讲述了一个什么样的故事？以什么赢得了评论家和读者的喜爱呢？

故事发生在19世纪初的英国和澳洲。主人公索尼尔自幼家境贫寒，童年生活可谓饥寒交迫。后来，他跟着萨尔的父亲当学徒，七年后，索尼尔成了泰晤士河上一名能干的船员，还和青梅竹马的萨尔结了婚。后来，日子越来越艰辛和窘迫，逼使索尼尔犯下盗窃罪，并为此付出了沉重的代价，差点被当时严酷的政府判了死刑，后来被改判为流放到千里之外的澳洲新南威尔士。几年之后，索尼尔在获得了人身自由时，没有如妻子所期望的那样回到伦敦，而是在离悉尼不远的霍克斯布里河岸边，在一些“无人认领”的土地上辛勤耕耘，试图开始新的生活。

但这些所谓“无人认领”的土地，并非真的无人认领，那些世代在此生存却没有土地占有意识的土著居民，就是这块土地的主人。因此，索尼尔以及所有那些试图到此来寻找重新生活的机遇并梦想得到土地以及财富的白人们，就这样不可避免地与土著居民产生了矛盾和冲突。

由此我们可以看出：《神秘的河流》似乎就是一部叙述白人如何殖民土著居民的历史，似乎就是翻版或是新版的《鲁滨孙漂流记》。

然而，这样宏大的叙事，无疑遮蔽了小说深厚的意蕴和新颖的思想情感。

其实，世界上的万物是复杂的，即便是最简单的事情背后，也都隐藏着复杂的逻辑。

在后殖民主义时代，文学中殖民主义的题材当然是敏感的话题。对于殖民主义，责难和批判是必要的，但若仅停留在责难和批判的层面，可能无助于人们去思考殖民主义的历史究竟是如何形成的，其背后复杂的机理何在，从而难以找到殖民主义何以一而再再而三地在世界各地发生的内在原因。

《神秘的河流》站在回顾殖民历史的高度，从深层次上去挖掘开拓者背后所隐藏的复杂因素，更着眼于为历史所遮蔽或是隐藏了的人性的真实情感。

《神秘的河流》，[澳]凯特·格伦威尔著，郭英剑等译，译林出版社

毫无疑问，小说反映了早期殖民者与当地土著居民在最开始阶段的尖锐矛盾和激烈冲突。一方面，外来的白人要占领世代在此生活的土著居民的土地和生存空间。另一方面，土著居民虽然不知道契约的定义和内涵，但他们在最原始的意义上，要维护自己的权益。在这个意义上，双方的矛盾是尖锐的和不可调和的，因而，流血和牺牲就不可避免。

我认为，作者在此的立场从一开始就把握得十分细腻和准确。她就是试图回到那样一个历史场景中去探索所有人（殖民者和被殖民者）的人性。作者既没有（当然也不会）站在殖民者的角度去讴歌欧洲文明和贬抑土著居民，从而使人反感其西方中心论的立场及其对土著人的刻板式书写；同时，也没有完全站在土著居民的立场简单地去批评和丑化殖民者及其占领行为。这两种走向两个极端的创作或是历史书写，可能更为我们广大读者所熟悉。然而，在这样的历史书写中，往往会有意无意地遮蔽历史的真相细节。

那么，作者在《神秘的河流》中的立场何在呢？她把双方放在都要为自己的生存而斗争这一基点上去探索，为此，双方在没有共同语言交流和沟通的情况下，都尽可能地利用自身所具有的优势，去打击对方、消灭对方，试图把对方赶出这一方土地，从而使自己可以在此休养生息。

小说中，作者以索尼尔为主人公，向我们细细阐述了他的个人历史，他是如何来到这片荒芜之地，又是如何产生了要在此地扎根生存的梦想的。我们看到了他作为一个普普通通的人所有的生活的艰辛以及在艰难困苦中所有的一份难得的甜蜜的爱情。他到这片“无人认领”的土地上来，可谓纯属偶然和意外。他来的时候，并没有意识到这里早已是土著居民生活的聚居地了。所以，当遇到土著人的袭击或是抢劫时，他还曾试图与之交流和沟通，甚至像鲁滨孙那样试图教土著人英语，但并没有成功。他开始的时候也雇佣土著人为其服务，但这些人并没有像《鲁滨孙漂流记》中的“星期五”那样完全为其武力所折服。索尼尔希望土著人能够停止袭击或抢劫，从而使双方可以和平共处。然而，他的梦想很快就破灭了。于是双方的斗争就此展开。在小说中，我们既看到白人的占领和杀戮，也看到土著居民的偷袭和报复。故事的高潮体现在主人公索尼尔在与土著居民沟通无望的情形下，在看到自己想守住自己圈定的那块土地无望的情形下，在白人与土著居民即将进行生死搏斗的时候，他最终还是加入了要与后者决一死战的战斗之中。就在这场殊死搏斗中，索尼尔目睹了自己的同伴被土著人刺死，也目睹了他的仆人丹亲手用棍子打死了一个黑人婴儿。这样的战斗改变了索尼尔。

从那以后，新来的居住者把这里的土地都给瓜分了，土著人再也没有来找过麻烦，这里的生活越来越好。索尼尔的河运贸易也越做越大，还有了自己的别墅。他尽力让自己像个绅士，甚至编造故事粉饰自己的过去，但他依然无法摆脱心中的空虚与愧疚。自从那场混战之后，他的儿子迪克离他而去。索尼尔对土著人杰克特别照顾，期待自己能够忏悔赎罪，而杰克却不接受他的恩惠。同时杰克对这片土地的感情，也震撼了索尼尔。在索尼尔安逸的生活里，最大的消遣就是坐在阳台的长椅上用望远镜观察对面悬崖峭壁上的风景，以及峭壁上的树林。他时常会产生错觉，觉得仍有些土著人生活在那里。他常常是一副失魂落魄的样子，心里期盼着在悬崖上再次看到土著人的身影。

或许，历史就是这样的残酷。在双方殊死搏斗时，你很难去对双方作出道德上的评价，很难论出个谁对谁错。只有在事情彻底过去后，人们才能够真正去反思过去的历史，才会有忏悔和悔恨，乃至对人生的无限感慨……

小说的写作手法并无新颖之处，但在这种常见的手法中，我们看到的是小说中人物的真实可靠，这也就使得历史本身也鲜活起来。在小说叙述平缓、沉静的河流下面，是暗流涌动、惊心动魄。

这样一部个人的历史，折射出的是一段沉默的历史，真实、宁静、令人忧伤、更富于悲剧性……

# 探索心灵世界的《埋骨：赛珍珠在中国》

希拉里·斯布尔林（Hilary Spurling）是当代英国文坛极负盛名的传记作家。其作品：《不为人知的马蒂斯》（*The Unknown Matisse*）、《大师马蒂斯》（*Matisse the Master: The Conquest of Colur* 1909—1954）等，后者获得怀特布莱德（Whitbread）年度图书大奖以及2005年《洛杉矶时报》传记作品大奖。她关于小说家艾薇·坎普顿·柏奈（Ivy Compton Burnett）的传记作品分别获得了海涅曼图书奖（Heinemann Prize）和库柏奖（Duff Cooper Prize）。此外，她还写过保尔· 斯格特（Paul Scott）和索妮娅·奥威尔（Sonia Orwell）——英国著名作家乔治·奥威尔（George Orwell）的妻子的传记。她曾担任《旁观者》（*The Spectator*）杂志的艺术编辑、戏剧评论家和文学编辑。她还一直是《观察家日报》、《每日电讯报》等主流报纸的评论家。目前，斯布尔林住在伦敦，主要致力于自己所设立的皇家文学基金会奖学金计划的工作。

2010年3月，斯布尔林的最新传记作品《埋骨：赛珍珠在中国》（*Burying the Bones: Pearl Buck in China*）由英国Profile

Books出版发行（以下简称《埋骨》）。这是一部最新的有关美国著名作家赛珍珠（Pearl S.Buck, 1892—1973）的传记。该书一经出版，即在英美两国读书界引起了较大的反响，包括《纽约时报》在内的诸多主流媒体都发表了书评文章，对这部作品予以高度评价，同时缅怀赛珍珠这位与中国有着密切关系的伟大作家。该书在出版的当年，即获得了塞缪尔·约翰逊奖（Samuel Johnson Prize）的提名。

《埋骨：赛珍珠在中国》

值得一提的是，《埋骨：赛珍珠在中国》一书于2011年1月由重庆出版社出版发行。而作者斯布尔林也于2011年的3月访问中国，于17日在我目前所在的中央民族大学，与我进行了一场题为“赛珍珠：中国的女儿”的对话，主要探讨了其新作《埋骨》；20日在上海的上海外国语大学，做了题为“我的写作——《赛珍珠在中国》及其他”的学术报告。这是英国驻中国大使馆文化教育处、英国文化协会所举办的“英国新锐文学之旅”的一部分。这一系列活动，对《埋骨》在中国的推广、在中国重新认识赛珍珠起到了积极的作用。

我们都知道，近30年来，在学术界引起广泛关注和重视的有关赛珍珠的传记作品，到目前为止主要有两部，一部是诺拉·斯特林（Nora B.Stirling）于1983年出版的《赛珍珠：一个充满矛盾的女人》（*Pearl Buck, a Woman in Conflict*），另一部是彼得·康(Peter Conn)于1998年出版的《赛珍珠文化传记》(*Pearl S.Buck: A Cultural Biography*)。那么,《埋骨》究竟有何新颖之处? 何以赢得读书界的好评? 对于赛珍珠有无新的史料发现呢?

我以为,《埋骨》最大的特点,是从赛珍珠幼时的经历出发,深度挖掘其童年记忆在其成长中的印痕,重点探讨了这种记忆对其创作的深刻影响。

这部传记之所以取名《埋骨: 赛珍珠在中国》,主要源于赛珍珠回忆录中的一个小故事。赛珍珠小时候所居住的城市是现在的镇江。在她家的院落的后面是一片墓地。赛珍珠经常从后门溜出去跟中国的小伙伴到墓地里去玩耍。而那个时候,她经常会在草丛中发现一些死婴的尸骨,而且主要是女婴的尸骨。赛珍珠每次发现后都会竭尽全力将这些残骸掩埋起来。平时在玩耍的时候,她都会随身带着网兜和竹棍,用以驱赶那些半路上可能在寻找尸骨的野狗。斯布尔林说,这一切,赛珍珠从未对任何人讲过,而且,在赛珍珠看来,这在当时也是很难直接加以书写的。那么,面对现状,应该怎么办呢? 那就只有像对待"尸骨"一样,把它们掩埋起来,并且把它们遗忘。在斯布尔林看来,"埋骨"就象征着掩埋那些痛苦的记忆。而且,"埋骨"本身就是一个完美的意象,象征着掩埋那些人们需要遗忘的事情。这,对于那些痛苦的、无法谈论和面对的记忆,如亚美混血儿、"二战"时期纳粹分子对犹太人的大屠杀及其他禁忌的话题,都是如此。

由此不难推测,《埋骨》这部传记就是希望通过重新回顾赛珍珠早年在中国的生活经历,探讨这些经历是如何孕育出她后来神奇的想象力的，并进一步探究深藏在这种想象力之中的记忆与梦想。我想，这也是这本传记的价值所在。

在《埋骨》中，斯布尔林选取了赛珍珠人生中的一段特殊经历以呈现其整个人生。这是到目前为止的赛珍珠传记中，可谓风格极为独特的一部。作品很像是一本速写集，撷取了赛珍珠某个历史时段的生活，然后再现她整个的生命历程，并以此说明她是怎样成为这样一位作家的。而我们都知道，一般的赛珍珠传记，都是按照历史的线性发展来书写的，也就是从她的出生写到去世，比如美国宾夕法尼亚大学彼得·康教授的《赛珍珠文化传记》就是如此。斯布尔林在书中说，她期望自己的这本书能够重新审视那些让赛珍珠最终成为作家并赋予她魔力的早年生活。她认为，这也是所有真正杰出的畅销书作家所具备的神奇力量——他们往往是直接从深深隐藏在大众想象中的那些记忆与梦想的潮流中去汲取灵感的。所以，作者虽然只选择了一个意象，但却深入到了赛珍珠的内心世界之中，而这一点，对于理解她后来的作品及其纷繁的社会活动提供了深刻的洞察力。

彼得·康教授的《赛珍珠文化传记》记述了赛珍珠从出生到去世的一生的经历，但只选用了几个章节来讲述赛珍珠在中国的生活。而《埋骨》则专注于赛珍珠的前半生，也就是她在中国的生活经历，竭力探讨这段经历对其整个人生的影响。对其回到美国之后的经历，书中只在后记部分做了极为简要的梳理。那么，在对赛珍珠的中国经历的材料挖掘中，斯布尔林有什么新的发现呢？

首先，斯布尔林表示，她强烈地感受到了赛珍珠对中国和中国人民深沉的爱。在她看来，赛珍珠从来没有真正地习惯过美国，也没有在美国产生过找到了家的感觉。所以，在1970前后中美关系升温的时候，她十分渴望来到中国寻根，渴望回到养育了她的中国来。但由于种种原因，她的访华申请最终还是被驳回了。赛珍珠承受不住打击，从此一病不起，并于次年春天在美国去世。斯布尔林在与我的对话中说："当我看到您把今天对话的题目定为'赛珍珠：中国的女儿'时倍感欣慰，这个说法十分贴切，赛珍珠确实是中国的女儿，她是千千万万中华儿女中的一个。"确实如此，没有其他任何西方作家像赛珍珠这样与中国有着如此深厚的感情。

其次，赛珍珠在作品中真实地描绘了中国农村的生活，其创作的目的是想要改变世界，特别是西方社会对中国的看法，她做到了。在赛珍珠的《大地》出版之前，西方人眼中的中国人不过是两种形象：一是吸食鸦片、留长指甲、黄皮肤的恶棍；一是被妖魔化了的共产党。但《大地》展示了一个全新的、真实的东方世界。在她所生活的那个时代，每个人都在读她的小说。赛珍珠被称为第一个重塑中国人形象的人，中国人被拉回到"人"的地位，让人变得可以理解了。在斯布尔林看来，这是一次非凡的转变。因此，《大地》击败了当时乃至后来那些流行的偏见，开启了中美之间紧锁的大门，这是赛珍珠及其作品最重要的价值。

再次，对于人们一直对赛珍珠与中国诗人徐志摩之间存在暧昧关系的种种猜测，斯布尔林在传记中予以了否认。她认为，根据现有史料来看，赛珍珠与徐志摩两人在20世纪20年代确实见过几次面，但因此就认定他们之间有暧昧关系是不太可能的，原因大概有三：第一，赛珍珠作为一名传教士的女儿，同时又是一位传教士的妻子，她的生活是处在传教团体的严密监督之下的。如果有什么流言蜚语，不可能无人知晓，而赛珍珠的朋友、邻居均表示不知道传说中的赛、徐二人之间的情事。第二，当年的徐志摩风度翩翩，是那个时代的文坛明星，更是无数女性爱慕的对象，而赛珍珠在当时只能算是一位名不见经传的业余作家，还是一个传教士的妻子，身材发福，毫无魅力可言，据徐志摩的朋友说，应该没有给徐留下什么深刻的印象。第三，20世纪20年代后期，徐志摩当时正与美国女记者艾格尼丝·史沫特莱在上海同居，从时间上讲也不可能跟赛珍珠有什么暧昧关系。所以她认为，这两人之间有恋情是不可能的。

赛珍珠去世后，墓碑上只刻了“赛珍珠”三个汉字。作为从小在中国长大、最先学会中文、最先交的朋友是中国人的赛珍珠看来，她自己更像是一名中国人。或许赛珍珠也意识到了，没有中国和中国人民，她不会成长为一名伟大的作家。在她自己离开人间的时候，只把“赛珍珠”三个字刻在自己的墓碑上，应该算得上是赛珍珠想要传递给整个世界的讯息：我热爱中国，热爱中国文化！墓碑上的这三个方块字就是最好的证明。为此，我认为，对赛珍珠这样一位如此热爱中国和中国人民的美国作家，理应得到中国和中国人民的尊敬，也应该得到中国和中国人民的热爱。

一般来说，像赛珍珠这样生活在两个乃至多个世界中的人，总是处于一个非常尴尬的境地，由于她总是会对自己所处的两个世界乃至多个世界有所反思乃至提出批评，所以也就会导致自己不为两个乃至多个世界所接受，甚至在历史上的某一个时期，为两种文化所抛弃。这可能是赛珍珠的悲剧。但我认为，赛珍珠的意义恰恰就在于她能从多个角度去认识世界、看待人生，也正因为如此，她更能注意到在本国文化之中可能看不到的东西，而这也恰恰是赛珍珠意识超前之处。我以为，在全球化的时代，在多元文化盛行的时代，人们会逐渐发现赛珍珠的价值所在。

据斯布尔林自述，她之所以选择赛珍珠为写作对象，一是因为在童年时期受到了有关中国孩子的图画书的影响，二是因为赛珍珠。赛珍珠作为自13世纪马可·波罗以来描写中国的最有影响的西方作家，为西方打开了一扇门。毫无疑问，当今中国发展速度令世界惊叹，人们完全可以通过追随赛珍珠的脚步，了解她所生活的世界，进而了解现在的中国。因此，作为中国学者，我希望有更多的国外作家到中国来写作中国，传递出真实的中国信息，描写出真实的中国现状，既能使中国在更大程度上为世人所知，也能使我们从西方人的视角看出我们的特点与不足从而可以反省自身。这，应该是书籍和阅读所具有的强大力量之一。

# 天才的德莱塞与德莱塞的《“天才”》

2005年3月，美国著名的传记作家杰罗姆·拉维伊（Jerome Loving），在对德莱塞的生活和创作进行深入研究的基础上，写出了一部关于德莱塞的传记作品《最后一位巨人》（*The Last Titan*），由加利福尼亚大学出版社出版。在德莱塞逝世六十周年的日子，这本书的出版无疑是对作家最好的怀念，同时，也从一个侧面体现了德莱塞在美国文学史上的重要地位——他被称为是“最后一位巨人”。当然，不管德莱塞是不是“最后一位”巨人，但他是美国文学史中的“巨人”，则不会有任何争议。

综观他的一生，我们不能不承认德莱塞是一位天才作家，因为他不仅有众多已经载入史册的作品，更因为他把自己的天才建立在了勇敢、坚强、坚忍不拔的基础之上，从而使自己屹立于美国文学之林。

德莱塞出身贫寒家庭，生活颠沛流离，创作一波三折。用“艰难时世”概括其一生，可能是比较恰如其分的，但德莱塞从未被生活的艰辛与社会的黑暗所压倒。

1871年8月27日，西奥多·德莱塞出生于美国印第安纳州特雷霍特镇的一个贫苦德国移民家庭。德莱塞的父亲来自德国，是一个平庸无能的天主教徒，婚后生下十几个子女，对待子女极为粗暴，导致他们陷入非正常的生活状态甚至有些人走向堕落。而德莱塞的母亲来自宾夕法尼亚，性情温柔，勤俭持家。在德莱塞八岁大的时候，母亲为生活所迫，带着他和其他三个孩子离家出走，就在美国的中西部地区，从一个城市流浪到另一个城市。一家人始终过着极其窘困的生活。后来，德莱塞在芝加哥的一些房地产公司和家具公司当讨债员，挨家挨户去收钱。这使他接触到了和他一样处于社会下层的各种人物，特别是社会的阴暗面，为其创作积累了丰富的素材。后来，只在印第安纳大学学习过一年的德莱塞先后在芝加哥的《环球报》、圣路易斯的《环球民主报》和《共和报》、匹兹堡的《先驱报》和纽约的《世界报》以及多家杂志社当过编辑。1900年，德莱塞出版了他的第一部小说——《嘉莉妹妹》，1902年该书因道德问题遭禁，德莱塞由此得了严重的神经衰弱症，并一度放弃小说的创作。1911年，《珍妮姑娘》的出版使得德莱塞再次成为职业作家，此后的三年时间里，“欲望三部曲”的头两部《金融家》(1912)和《巨人》(1914)相继出版。1947年，德莱塞逝世两年后，“欲望三部曲”的最后一部《斯多噶》得以问世。

《“天才”》

1915年，《“天才”》出版，但该书成为德莱塞第二部遭查禁的小说，直到1923

年才重新面世。1925年，两卷本《美国的悲剧》销售量达五万册，为德莱塞带来了荣誉和地位，并最终奠定了他在美国文学史上的地位。1944年，德莱塞被美国文学与艺术学院授予荣誉奖章。

在世界文学史上，有这么一个有趣的现象：绝大多数在文学史上占有一席之地的现实主义作家、自然主义作家，其优秀作品的数量都很多，所以当我们在说他们的“代表作”的时候，往往要说出很多部而不是一部。比如英国的查尔斯·狄更斯、托马斯·哈代，法国的巴尔扎克、雨果、左拉，美国的马克·吐温，俄罗斯的托尔斯泰，等等。德莱塞也是其中之一。德莱塞众多的小说，大都由小人物入手，反映了美国社会现实中的真与假、美与丑、善与恶。《嘉莉妹妹》描写了乡下姑娘嘉莉到芝加哥之后的命运转折，由起初一个小推销员的情妇最终成为了纽约的名演员，通过对下层贫民生活的悲惨状况和工人罢工运动的部分描写，揭露了美国社会繁荣的外表下掩盖的深层社会矛盾，揭示出人们成功的代价，就是要摈弃社会道德。“欲望三部曲”（《金融家》、《巨人》、《斯多噶》）则描写了巧取豪夺、卑鄙贪婪的金融巨头柯帕乌的发迹史，生动描写了当时美国社会尔虞我诈、弱肉强食的残酷现实。《美国的悲剧》则以切斯特·吉莱特在纽约北部的大穆斯湖将女工雷斯·布朗溺死的真实故事为素材，揭示了主人公克劳德的悲剧虽然出于个人的功利欲望，但整个美国社会的道德沦陷才是酿成其悲剧的真正原因。

德莱塞在三个方面对美国文学做出了贡献：首先，他改变了之前美国创作界的文风。其次，他是第一位真正开始描写美国大都市生活的作家。再次，他是美国少有的采用全景式手法来写美国大都市社会的作家。其实，无论一个作家在上述哪个方面对美国文学做出贡献，他都会名垂千史的。所以，德莱塞被称为巨人，所言不虚。

一般而言，即便是最伟大的作家，哪怕其“代表作”众多，都会有自己“最满意”的作品——尽管那部他最满意的作品，并不一定为文学史、批评家、读者所认可。

据说，《“天才”》就是德莱塞最为满意的一部作品。但当《“天才”》(1915)出版伊始，虽然卖得不错，但社会并不相容，部分评论家也不买账，反响不仅不如作家最初预计的那样热烈，反倒有不少的非议，就连最推崇德莱塞的美国著名批评家H.L.门肯(H.L.Mencken)都对该作品进行了一定程度的抨击，为此，二人关系从此交恶。那么，时人对《“天才”》不满的原因何在呢？综合看来，当时对德莱塞这部作品的批评大致有三点：第一，与德莱塞此前创作的作品相比，《“天才”》在写作手法上没有什么改变，依旧是冗长的写作风格，而且沿袭了其一贯的对社会抨击以及似是而非的道德观；第二，构思上有缺陷，比如尤金的飞黄腾达和其最后的精神崩溃显得有些随心所欲；第三，在人物塑造上，显得单一、模式化。然而，也有众多的作家、评论家对《“天才”》予以高度评价，像美国著名作家、评论家埃德加·马斯特斯就认为这部小说是真实可信的，且比美国所有的历史还有价值。还有一些年轻的诗人和小说家更是因此而称德莱塞为美国最伟大的小说家。

那么，《“天才”》是怎样的一部作品？为何受作家本人的青睐、而后又为世人所接受并同样被认为是其重要作品呢？

《“天才”》这部小说共分为三部：第一部为“早年”，追溯了主人公尤金从亚历山大到芝加哥再到纽约的过程。第二部为“奋斗”，叙述了尤金同安琪拉结为夫妻，后来他则为婚姻所累。第三部为“反抗”，讲述了尤金很快从命运的巅峰落入低谷的衰落之路。其实，小说虽然厚重，但情节并不特别复杂。小说的主人公尤金·丁尼生·威特拉出生在伊利诺伊州亚历山大镇近郊草原上的一所小屋，后来成为一个单纯而颇具才华的青年画家。像嘉莉妹妹一样，他也来到了大城市芝加哥后又到了纽约。这成为了他生活的转折点。大城市繁华社会的各种物质利诱，逐渐改变了他纯净的心灵和单纯的追求，更慢慢侵蚀了他的内心。作为艺术家，其思想的巨变，必然导致审美观和艺术追求的转向，更会导致艺术风格的转变。到头来，当对美的追求无望、艺术理想幻灭、商业运作失败时，尤金想要走回头路，再回到从前重新追求艺术，但为时已晚，这导致了尤金的精神崩溃。

《“天才”》是一部自传色彩浓郁的小说，从中可以看出德莱塞前半生的生活经历。比如，尤金像德莱塞一样，从芝加哥来到了纽约，都娶了一个传统的女人，都出现过精神危机，都一度放弃（文学）艺术转而从事商业活动，最后又都回归艺术。然而，《“天才”》从更深层的意义上来说，还主要是作者思想的传达。作者是要通过小说去表现美国正向消费社会转变以及这种转变对主人公和周围人的深刻影响。尤金立志要学习最高雅的绘画艺术，甚至被人称作是艺术天才。然而当他一到大城市，就立刻被那光怪陆离、五光十色的社会所吸引、所改变，很快就在财富、金钱面前低下了艺术的高昂的头颅。尤金天性曾是充满幻想的，他对美、对代表美的女人是极其渴望的，然而，在现实生活中，他对美的追求、对艺术的执着显得那么脆弱，那么不堪一击。在尤金这个角色身上，可以看到德莱塞很浓厚的思想和感情经历，可以看到他周围朋友、相识人的影子，有其对社会现实的嬉笑怒骂。

《"天才"》是一部深刻反映美国现实的小说。作者在小说中传达了他面对时代变迁中个人所处的困境、个人所面临的迷惘。尤金的失败与精神危机，首先，是当时的美国社会正处于转型时期，艺术发展的道路为财富快车所占领。其次，也与尤金本人在时代面前轻易地就为奢华的生活所利诱有关系。我们看到，当尤金逐渐向物质低头屈服的同时，他的财富也在日积月累地增长。当他的生活越来越富足时，其创作才能却在迅速地走向衰竭。然而，这一切并非尤金所愿，而是社会现实使然。因此，作者并没有责怪尤金的拜金主义思想，他似乎要通过这个人物告诉读者这样一个悖论：一个艺术家，他在物质财富上增长得越多、越快，他在艺术道路上也就堕落得越深。

《"天才"》是德莱塞众多作品中，唯一一部关于艺术家的小说。众所周知，德莱塞的作品大多描写的是小人物的发迹史，而着重描写艺术家及其破灭的理想，仅《"天才"》一部，且探讨的主题是泾渭分明的物质与精神、商业与艺术、现实与理想。在尤金抵达大城市后，他所面临的一个很现实的问题就是：作为艺术家，既为金钱又为艺术，有无可能？问题的答案，看来是否定的。尤金·威特拉早先正直、诚实，是一位富有才华的画家。起初，他的作品是对现实生活的真实写照，上流社会不予认可；当他在无奈之中去迎合上流社会的生活趣味、审美思想时，他获得了“成功”，不仅有了金钱，还有了地位。然而，在作者眼里，尤金已经堕落了，成为了一个世俗而平庸的画家，他的天才已经不复存在了。尤金最后也变成了一个利欲熏心、生活混乱而创作灵感近乎枯竭的人。实际上，《“天才”》探讨的是艺术家与市场、艺术家与商人之间的关系。作者似乎在追问：当面对日益市场化的商业社会时，艺术家是选择同化还是坚持艺术追求、维护艺术价值？艺术作品和艺术家个人价值的实现是否必须要以名或利作为保证？理想主义和功利主义能否结合在一起？当二者发生碰撞时，是否一方必被另一方所吞噬？物质基础在对艺术的追求中是支持还是破坏？这些问题在德莱塞的描写中都一一体现了出来。尤金的生活轨迹揭示了这样的问题，答案只能是：商业社会会毁灭艺术之路。

当今中国，文学艺术与物质利益之间的关系，同样已经显露出日益尖锐的矛盾。《“天才”》中所探讨的艺术与市场和商业之间的关系问题，不仅在当时处于经济上升阶段的美国社会有着重要的思考价值，在当今全球化的浪潮中，也隐含着深刻的现实意义。身处21世纪初的读者来阅读20世纪初的德莱塞，不能不令人感慨：近百年前德莱塞的忧虑、思考及其预言，都是具有预见性的。

伟大的作品，大多是在数十年后，甚至千百年后，或者依然令你心动，或者依然具有现实意义。真正伟大的作品，确实需要时间，确实需要大浪淘沙。

而《“天才”》，是一部经过时代过滤后的巨著。

# 绕不过去的纽曼

《大学的理念》，[英国]约翰·亨利·纽曼著，中国人民大学出版社，2012

《大学的理念》（*The Idea of a University*）是一部阐释教育哲学思想的演讲集，更是一部语言优美且言简意赅、思想深刻又发人深省、影响深远而令人难忘的经典演讲录。

有人把The Idea of a University翻译作“大学的理想”，这没有错，作者在这里所使用的“idea”一词，的确是有“ideal”的意思。但就我个人理解而言，更倾向于使用“大学的理念”，也认为这个翻译更为合适一些。

《大学的理念》的作者是英国著名的牧师、神学家、文人、思想家、教育家约翰·亨利·纽曼（John Henry Newman）。纽曼在宗教、哲学等领域的创建和成就我们忽略不谈，主要来考察一下他在大学教育上有着怎样的思路和理念，又是如何影响当今的高等教育的。

除了教会组织外，大学算得上是纽曼在其一生当中与其关系最为密切的机构了。他1801年2月21日出生于英国的伦敦，16岁进入牛津大学（Oxford University），19岁毕业。他后来一直在为教会工作，即便是在大学期间也不例外，后成为宗教领袖，有红衣主教的身份。

1851年，对纽曼来说是个重要的年份。因为在这一年的11月12日，也就是他50岁的时候，他被爱尔兰主教任命为爱尔兰天主教大学（Catholic University of Ireland），也就是现在的都柏林大学学院（University College, Dublin）的创校校长（founding rector）。

3年之后的1854年11月，爱尔兰天主教大学正式创建。在这期间，纽曼做了很多有关高等教育特别是大学教育的演讲。后来，他将这些演讲结集出版，于是就有了《大学的理念》一书。

而令人遗憾的是，在该校建校刚刚满4年后的1858年11月12日，由于对宗教领袖干涉大学事务的不满，纽曼辞去了该校校长一职。1890年8月11日，纽曼在英国伯明翰去世。

在今天的高等教育研究中，纽曼及其对大学的思考是个绕不过的门槛。那么，这本已经超过150年的演讲集，要有怎样的思想光芒才能使其依旧照耀在今天的大学上空呢？

可以说，《大学的理念》几乎涵盖了纽曼所有有关大学的哲学思考，其中提出了很多在当时的欧洲高等教育中所面临的重大问题，比如宗教在大学中的地位、大学中的道德观、人文教育与职业教育的冲突、学术社区的特征、文学的文化作用以及宗教与科学的关系，等等。

但是，就历史背景而言，纽曼及其大学教育观的出现不是偶然的。

纽曼处于欧洲高等教育历史转折点上。当时，有多种思潮和现实的力量交织在一起，使高等教育面临着前所未有的危机和挑战。政治革命所带来的政治自由逐渐兴盛，宗教的影响力日渐减弱，科学技术的地位扶摇上升，而这些都对大学及其教育产生了重大影响。在这些变化面前，一方面是传统的大学（如牛津和剑桥）固守传统只重智性的培养而排斥科学，而另一方面新型大学则以市场为导向唯职业教育为首抛弃了知识的整体性。

恰恰是在这样的历史关头，作为人文主义者的纽曼，以其渊博的知识、深刻的洞察力，全面阐述了大学教育中所面临的种种问题。

纽曼在书中所阐述的大学教育理念甚多，难以一一道来。但我们可以试着追问的是，就其整体思想而言，哪些是纽曼理念中最重要最根本的观念？而这些最根本最重要的观念，在当今的高等教育中（特别是在顶尖的世界大学中），又发挥着怎样的作用？

在我看来，就其最现代的意义而言，《大学的理念》所具有的永恒的价值，主要体现在纽曼的三个最基本的问题，以及他所提供的答案上，即：大学是个什么地方；为什么要学习知识；大学应该提供什么样的教育。

纽曼所提出的“大学是个什么地方”这样一个看似简单的问

题，却无疑是大学的核心问题。

纽曼问道，大学是个什么地方呢？他（在序言中）对此的回答是，大学“是一个传授普遍知识的地方”（a University... is a place of teaching universal knowledge）。他在进一步的阐释中说，最重要的是，大学是学者、教师和学生共同追求真理的社区。而为了强调这一点，纽曼甚至强调指出，所有的大学都是教学机构（teaching organizations），讲究的是“知识的传播与延伸而非发展”。在他看来，“在教学与研究之间”没有必然的关联。发现（discovery）与教学（teaching）各有自己的功能，两者属于不同的天赋才能，不大容易统一在一个人的身上。

当然，后来他的这一观点，在洪堡所倡导的大学教育一统欧洲江山的时候，以及到了美国19世纪中期的时候，很快就显得“落伍”了，也被新型的大学教育观念所取代——新型的大学都强调教学与研究之间的紧密关系，但很显然，纽曼所强调的教学本身是大学的第一功能，仍然是强大的和行之有效的。

而必须看到的是，他所提出的“大学是个什么地方”，到如今，依旧是世界范围内的大学在前进的道路上所必须面对的问题。

我们不妨来看看美国哈佛大学校长，在21世纪是如何去思考这同样的问题的。2007年10月，新任哈佛大学校长的德鲁·福斯特（Drew Faust）在就职演讲中说，大学是一个“思想共同体”。应当首先明确一所大学的精神所在，然后就应该知道，大学是干什么的了。她说，大学是要对历史和未来负责——而不单单或者仅仅对现在负责。“一所关乎学问（learning）……大学是要对永恒做出承诺。”在此基础上，她提出，作为人类，我们要去寻找意义，这就是所有学问的真谛。

像哈佛大学这样已经办了370多年的大学还在思考纽曼所提出的问题，而且就其根本意义而言，所得出的答案并未出其右，已经足见纽曼的远见卓识了。

纽曼对“为什么要学习知识”的回答干脆而简洁。他认为，在大学教育中，知识本身就是目的，追求知识不是为了别的，就是为了知识本身。换句话说，学习就是为了追求知识本身的力量，而不是为了其他实用的和功利主义的目的和价值。

但我们需要明确说明的是，他之所以这么说，并不是为了纯粹的研究，而是为了人的个性发展。他认为，追求真理是教育理想的一部分，而这种教育理想能够对一个有教养的人的性格培养产生影响，而这与道德教育与宗教教育很难完全分得开。因此，大学是“教育而非教学的场所”，大学的根本意图是在智性（intelligence）与教育。

那么，如何才能做到让学生安心于知识本身的学习呢？他为此提供了具体的方案，即课程设置要以人文学科为主，要提供“人文教育”（liberal education），因为“人文教育”代表着一种最高境界。

纽曼在其演讲中，把“人文教育”与“职业教育”（commercial or professional education）分得一清二楚。他认为大学是传授“普遍知识”的地方，专业性的培训尽管有其实用的地方，但也应该让位于更广阔的人文教育。

那么，据此而言，在这样的大学中，学生该怎样看待大学？又该怎么做呢？纽曼认为：对于大学生来说，大学不是一个单纯传播信息或专门知识的地方，而是一个小社会，是学生要在其中去汲取和收获诸如优雅与辉煌这样具有更高生命形态的地方。在大学之中，追逐知识与意义，是属于更广阔的文化中的一部分。一个人不仅要“了解”（know）事物，还要接受事物背后的一切。

纽曼的这些理想，后来被诸如马修·阿诺德（Matthew Arnold）发扬光大，也成了后来英国大学教育的重要特征，即教育应该是培养通才，而非狭隘的专业性人才。那些非职业性的科目——如艺术的或纯科学的——则能对培养人的心智有益，并能使之适应更广泛的工作。

应该说，在提倡“人文教育”传统的问题上，纽曼既继承了欧洲大学文化的精髓，也使之成为他的教育理念与当代高等教育对接的重要支柱。

我们都知道，西方现代意义上的高等教育的功用，除了宗教的因素外，最初就是缘起于人文学科的功能，而所谓人文学科，就是注重学习和研究文学、哲学、历史与艺术等。这样的教育理念，在欧洲已经沿袭了上百年甚至数百年。

然而，随着现代科学技术的迅猛发展，人文学科在大学中的地位乃至人文教育的作用，不断受到来自大学内外的人士的质疑，因为现在的人们，越来越多地使用是否“实用”的标准来衡量一切。因此，在是否要坚持人文教育的问题上，呈现的就是两种不同的教育理念。

我们不妨来看看在外人看来特别讲求实用的美国大学是怎样看待上述问题的。加州大学伯克利分校（UC Berkeley）文理学院在阐释“为什么学习人文”的问题时，是这么说的，“大学所授予的学位是某一特定领域的，但生活却是不分专业的。无论我们的社会多么发达，我们都必须反省人生，甄别善恶，区分正义与非正义，从有用之中辨别出高贵与美”。因此，“人文教育为学生未来迎接现实生活的挑战所做的准备，是那些职业学院常常无法提供的”。哈佛大学校长德鲁·福斯特对此有更加明确的阐释。她说，教育不是一个把各种事实（facts）塞满大脑的过程，对于大学教育来说，冲破头脑中现实的束缚至关重要。不能忘记的是，教育，特别是高等教育，对人的教育与影响应该是深远的。应该说，这样的理念与纽曼在演讲中所阐述的观点有一脉相承的关系。

当然，对纽曼所提出的三个问题的讨论，从纽曼时代一直持续到今天为止，也还没有（应该也不会有）一个统一的定论。但从这些问题的讨论中，无论支持者还是反对者都至少会承认纽曼及其《大学的理念》的当代性和经典意义。

还有一点不能不提，那就是《大学的理念》这本演讲集的文学价值，而这一点，也与其当代性与经典意义密不可分。可能并不是所有人都知道，纽曼还是一位著名的文学家，创作有自传《生命之歌》（*Apologia Pro Vita Sua*, 1865—1866），诗歌《哲朗提斯之梦》（*The Dream of Gerontius*, 1865）等。就《大学的理念》

而言，纽曼最大的特征是文笔极好，堪称非常出色的散文家。而在《大学的理念》中，作为一名教育家，纽曼丰富而深刻的思想都是从他优雅的表达和漂亮的文笔中自然而然地流露出来的。作为一名教育家，在阐述自己思想的时候，能够用优美的散文表达出来，或许，只有纽曼可以做得到。由此我们也就不难理解：纽曼何以伟大，《大学的理念》何以成为当代教育家谁也绕不过去的读本的原因了。

# 男人能像女人一样写作吗?
## ——评《S.》

约翰·厄普代克(John Updike)应该是美国当今文坛最聪明的作家，他给自己的定位恰到好处：介乎严肃作家和通俗作家之间。一方面，他注重作品的重大主题，其最著名的“兔子四部曲”，成功地塑造了当代美国人的典型形象。这样，他在文学批评家那里甚得关注，凡有作品问世，大都好评如潮。另一方面，他的作品极有市场，备受大众的注目。原因有二：其一是他作品的主题大都是与当代美国人的生活密切相关的人或事，如美国中产阶级的风波、性爱和死亡、作为牺牲的社会存在、意料之外的欢乐和报答以及作为一种进化的腐败，等等。其二是他的创作手法没有晦涩难懂之处，用“通俗易懂”四个字是可以涵盖其特点的——当然，这并不妨碍其作品的思想深度。

女权主义运动对20世纪后半叶人类的思想、文化和艺术产生了巨大的影响。它的产生，在某种程度上，改变了人们看待人类文化、万事万物（包括女性本身）所持有的男性视角，同样也使人类的思想观念受到了极大的冲击。但女权主义运动的发展到后来也出现了令人意想不到的结果。20世纪80年代末与90年代初，在美国曾有“欢迎回家”（Welcome Home）的风潮。这股风潮来自人们对数十年女权主义运动结果的反思。在“清算”女权主义运动的“胜利成果”时，女权主义者不得不接受的事实是：女性的社会地位虽然表面上略有提高，但经济地位不但没有提高，反而下降了。原因在于：女性离家出走之后，她不仅要维持自己的生计，还要担负起抚养孩子的重担。而无“赘”一身轻的男人们不但经济上的收入相对增多了，更可以自由自在地、迅速地从一个女人“走向”另一个女人。厄普代克的小说《S.》，与上述的背景密切相关。

熟悉厄普代克作品的人们都知道，他的创作有三大主题：性爱、宗教和艺术，而他对性爱描写之狂放风格，不仅招致非议，更遭到女权主义者的猛烈抨击：厄普代克表现了一种赤裸裸的“性别歧视”。后来，厄普代克一直表示要重新塑造女性形象。据说，《S.》就是这一努力的结果。

“离家出走”，似乎是20世纪女权主义文学的“主旋律”。厄普代克的《S.》也是一部女人“离家出走”的故事。从这个意义上讲，厄普代克似乎真的是在替女权主义者仗义执言。这部小说完全由书信组成，中间杂有“录音”的记录。小说从女主人公莎拉在飞机上给丈夫写信写起。书中写道：莎拉因为丈夫对自己的

《S.》

不忠而不辞而别，只身来到亚利桑那州沙漠中心的所谓的印度教避居地。逃离了枯燥和平淡无奇的日常生活的莎拉，在一夜之间，似乎使自己的生活变得充满了激情。她在避居地潜心修行，发掘自己精神乃至肉体上的内在潜能，企图摆脱精神上的荒原。但后来发现自己上当受骗，又“出逃”到巴哈马的一个小岛上。

莎拉的离家出走已经完全不同于19世纪初娜拉的出走，其最本质的区别在于：莎拉在经济上是独立的。这正是20世纪初期的弗吉尼亚·伍尔夫在《自己的一间屋》和20世纪中西蒙·波伏娃在《第二性》中所要求女性具有的最基本的生存条件。应该说，经过几十年坚苦卓绝的奋斗，女性至少争取到了经济上的相对独立。这使得女性在出走之后可以自由地生存，而不至于像鲁迅先生当年预言娜拉出走之后的结果那样：不是堕落就是回来。还有一个区别是，娜拉还有传统在“性”问题上对她的极大束缚，而莎拉却获得了“性”的绝对自由：在避居地，她与众多的女人一起拥有她们共同崇拜的教主。

厄普代克自己说，他在写这部小说的时候，曾试图暂时把自己“变成一个女人，忘却自己”。但我很怀疑：男人能像女人一样写作吗？

我“试图”如厄普代克一般“忘却”自己的性别，努力从“一个女权主义者”的角度来“阅读”厄普代克的这部作品。结论却是：厄普代克创作的所谓的新女性形象，无论是意图还是结果，都是大可怀疑的。

首先，莎拉出走之后到了避居地，起初以为这里是她拯救灵魂、重建新世界的圣地，一度沉沦其中、自鸣得意。但不久后她就发现自己上当受骗了，她所崇拜的教主阿汉特并非如她所想象的那样来自印度，不过是一个失意的美国犹太籍大学生而已。这个情节耐人寻味。它不能不令人怀疑：莎拉的离家出走，所要寻觅的是什么，她心里知道吗？难道这就是新女性的形象？

其次，莎拉受骗之后，感到完善自我的希望成了泡影，但她没有回家，而是再次“出逃”，到了一个不知名的巴哈马的小岛上，而且自以为“终于找到了赖以生存的平静的归宿”。这个结局恐怕令人难以信服。因为它太虚幻，虽然令人想入非非，但却没有坚实的土地可供新女性踏足其上。可不可以说，这预示了新女性的未来的迷惘与前途未卜呢？

再次，从写作手法上看，《S.》也很难说是创造了新女性的形象。我们知道，整部小说是由书信组成的。但我注意到，小说中的第一封信和最后一封信，都是莎拉写给自己丈夫的。书信中除了对丈夫不忠的痛恨之外，更多也更令人惊讶的是对查尔斯的无限柔情。两封信，一为“始”，一为“终”，像一个圆，完结了小说，更联结了莎拉对丈夫的情感依托。在此，不能不佩服作者的匠心独运，但也不能不令人对这个新女性的形象产生怀疑：这个所谓的新女性，“新”在什么地方？

最后，上面提到的这两封信的署名也很有意思。第一封是：“爱你的S”，最后一封是“你永远的S”。小说中还有一封信也是给查尔斯的，署名也是“爱你的S”。这样的署名方式，在小说中对他人没有使用过，也就是说，是专对查尔斯使用的署名方式。

我想，如果排除作家变换手法的创作意图，不能不令人对这种署名方式产生其他的联想。为什么写给其他人的信，莎拉都有名有姓，而到了自己的丈夫面前就“隐身”而为一个“符号”（S）了呢？

就此而言，我所得出的是与厄普代克不同，甚至是完全相反的结论：莎拉不是新女性的形象。我觉得他努力忘却性别、想象自己成为一个女人那样写作的努力是失败的，但小说引人深思的地方在于，应该如何全面审视女权主义运动？女权主义运动又将往何处发展？当然，这些似乎是“形而上”的问题，并不妨碍小说具有很强的可读性——就译本而言，译者译笔畅达并作了大量的注解，足以令人领略厄普代克的生花妙笔。

进一步推想：男性要如女性这般写作，有无“资格”是首先难以逾越的问题，困境可想而知。因为女权主义实在是一个非常奇特的运动，她是以人的性别来划分的。我一直以为，女权主义像一个自我封闭的圆，男性是很难进入这个领域的。女权主义者在对待男性意识上所表现出来的机警、敏感和决然的拒斥态度是出人意料的。

如果有女权主义者质问：男人能像女人一样阅读吗？

我将——哑口无言。

# 真实的谎言

## ——评《重罪》

### 一

《重罪》

《重罪》(*High Crimes*)是美国作家约瑟夫·法因德(Joseph Finder)的第四部小说。法因德年纪不大，出道也不算早，创作也并不高产，但他创作的小说却都不同寻常，反响极大。现年42岁的法因德出生于美国的芝加哥，早年生活在东方的阿富汗和菲律宾，后来回到美国在纽约上了高中。他以优异的成绩毕业于耶鲁大学。1984年在哈佛大学俄罗斯研究中心获得硕士学位，后又任教于此。他从读研究生起便开始写作。由于其所学专业为俄罗斯研究，所以他最初的作品都与苏联和俄罗斯有关。

1982年，在他年仅24岁时，法因德出版了他的第一部著作《红地毯》(*Red Carpet*)。该书以美国著名的百万富翁阿曼德·哈默博士为主人公，描写了这位当时美国最有权势的商人与克里姆林宫之间的密切联系。该书一出版就引起了强烈反响和极大的争论，哈默博士曾威胁要以诽谤罪控告法因德。但法因德最终证明了自己的正确：那年，苏联公开了秘密档案，确认了法因德所言不虚。

《红地毯》虽然不是小说，但却预示了法因德后来小说创作的一个特点，就是他所虚构的一些故事都与一些确已发生但又被掩盖起来的历史事实具有惊人的相似之处。他的前瞻性或是说他的预言之准确，往往令世人为之瞠目。

20世纪80年代后期，法因德开始转向小说写作。他的第一部小说《莫斯科俱乐部》出版于1991年，虚构了苏联国家安全委员会（KGB）采取突然行动反对米哈伊·戈尔巴乔夫的故事。有趣的是，6个月后，KGB真的发动了类似的突然行动。事情的结局自然是人所共知，不用我在此赘述。该书出版后受到世人的广泛好评，在30多个国家出版发行，成为风靡欧洲的畅销书。

法因德的第二部小说《非常权力》（*Extraordinary Powers*），讲述了一位在美国中央情报局工作的苏联特务的故事。小说刚刚出版，打进中央情报局内部的苏联特务奥尔德里奇·埃姆斯就被揪了出来。1996年法因德的第三部小说《紧急关头》问世，它讲述了美国联邦调查局的一位女情报员在曼哈顿追踪一个恐怖主义分子的故事。该小说第一次描写了美国中央情报局与美国联邦调查局的官方合作关系。这本小说已经被美国的20世纪福克斯电影制片公司收购，即将拍成电影。

出版于1998年的小说《重罪》讲述的是哈佛法学院的女法律教授克莱尔·赫勒·查普曼的故事，其丈夫汤姆·查普曼被人怀疑在特种部队时杀了87位无辜的平民百姓，13年后被联邦调查局逮捕。那么，他究竟是杀人犯呢，还是替罪羊？克莱尔为此与自己的搭档查尔斯·O·格兰姆斯侦探、特里·恩布里上尉展开了一系列的调查，并为汤姆作了精彩的辩护。然而，故事的结局却出乎所有人的意料。小说一出版即获好评，成为畅销书，并被三星公司购买了版权，拟拍成电影。

## 二

毫无疑问，《重罪》是一部情节小说，其情节单一、直截了当：一位事业如日中天的女律师不得不在军事法庭上为其丈夫辩护，他被指控犯有杀人罪。小说共分五部，第一部可谓事件的开端，第二部至第四部为事件的调查、庭审阶段，第五部为事件的高潮与结尾。但总体而言，我更愿意把小说的第二至第五部看作一个整体，称为小说的主体部分。这部小说可读性极强，我以为它好在情节曲折、跌宕起伏，具体而言，小说的开局出其不意、引人入胜，中间部分悬念丛生、精彩纷呈，结尾更是出人意料，令人始料不及。

一般来说，只要在作品中看到某位主人公的生活幸福美满，我们几乎可以肯定，他的世界将在瞬间土崩瓦解、毁于一旦。一天晚上，克莱尔、她的丈夫汤姆以及她6岁的女儿安妮，正在波士顿闹市区一家高档购物中心颇有家庭气息的海鲜馆里吃饭。突然，联邦调查局的人员要逮捕汤姆。突如其来的事件令克莱尔感到莫名其妙。然而更令她惊讶的是，自己的丈夫与联邦调查局的特务进行了殊死的搏斗，最终在围追堵截中逃之夭夭。就《重罪》的开篇来说，事件的起因是突然的——无论对作品的主人公而言还是对读者来说，都是如此——但并不出人意料，因为这是情节小说的惯用技法。但其与众不同之处在于两点：其一，该小说并非是靠事件本身的复杂、曲折来吸引读者，而是由于人为的因素，使得事实清楚的事件突然之间变得复杂起来，并因此使情节扑朔迷离，令人难以分辨真假。其二，通常这类小说事件原委的复杂性往往出自作品主人公的对立面，而不会是主人公一方。具体地说，在《重罪》中，事情的起因应该出在联邦调查局、军方、政府一方。但是，这部小说的情节发展却大大出乎主人公和读者的意料：问题恰恰出在汤姆这一边。仿佛是在一瞬间，汤姆已不再是汤姆，他成了罗纳德·库比克——一位潜逃13载的杀人凶手，而他的妻子克莱尔对此却一无所知！克莱尔头脑中的问题油然而生：为什么汤姆会被追捕？他为什么要逃？他那一套身手不凡的拒捕本领从何而来，为什么从未见他显露过？这样一来，汤姆就从克莱尔的阵营中被剥离了出去，不仅使得她孤军奋战，而且使得故事的发展具有突发性和前景不可预料的特点。这样，无论是作品的主人公——包括克莱尔与她的搭档——还是读者，都会感到一头雾水、不知就里：究竟是政府、军方、联邦调查局错了，还是汤姆本人有问题？应该说，精彩的开篇是使小说扣人心弦的原因之一。

小说的主体部分，依据人物与情节的需要，安排得错落有致、高潮迭起。其中有几个环节至关重要，双方斗智斗勇、你来我往，使得情节层层递进，故事也显得有声有色。第一回合，为了证实汤姆是否无辜、是否撒了谎，克莱尔想到了使用测谎器。汤姆顺利地通过了测试。但还未等克莱尔抛出这个已经到手的证据，军方抢先一步推出了己方的证人，证明像汤姆这样的人员经过了严格训练，完全具备骗过测谎器的心理素质。于是，引出了克莱尔一方对从军队里雇佣的恩布里上尉的猜疑，从而使得案情进一步复杂化。第二回合与第一回合密切衔接，在克莱尔的办公室发现了窃听器，他们受到了监听。克莱尔随即将此事件提交警察与法院处理。第三回合，沃尔登受命与克莱尔做交易——要汤姆接受5年刑期，不再追究其他责任。但在克莱尔拒绝交易后，提审突然提前进行，将故事推向了一个新的层面。第四回合，为了寻找一个名叫罗伯特·伦蒂尼的证人，克莱尔只身前往约见地点，差一点有去无回。第五回合，在小说的高潮到来之际，一切谜团似乎迎刃而解了。丹尼斯提供了重要的证据——有马克斯将军手迹的下令开火（枪杀87名无辜百姓）的影印件；鉴定磁带的法学专家里奥诺·艾特尔证实，录有汤姆声音的磁带系伪造而成。因此，法官当庭裁决：汤姆无罪释放。结果，马克斯将军自杀身亡，赫尔南德斯眼睛被灼伤的病历被找到——真正的凶手似乎就在眼前。但事实上，真正的谜底，还是在最后一刻被揭开了：是汤姆协助赫尔南德斯杀害了那87名无辜的平民百姓。而至关重要的是：对于13

年前的事实的揭露，根源在于当前军方内部的权力之争。小说的结尾是作者的神来之笔：已经获释的汤姆在被克莱尔识破其真面目后原形毕露，欲杀害克莱尔，最终与和他狼狈为奸的赫尔南德斯双双毙命。这个结局既出乎主人公和读者的意料，也出乎读者的预料。我以为，它有着欧·亨利式结局——出人意料但又在情理之中——的特点。

值得一提的是，该小说每一部的结尾都是很精彩的，往往是在紧急时刻出现了紧急情况。我们看看小说各部分的结尾，那都是很有趣的。第一部的结尾，汤姆在他湖边的小屋中被军方的有毒气体熏昏了过去；第二部结束时，克莱尔准备使用测谎器来试探汤姆是否诚实；第三部的结尾是沃尔登受命做交易，提审突然提前举行；第四部，克莱尔只身赴约，差一点命赴黄泉。这种写法颇像中国的章回小说，总是停留在关键时刻，令人牵肠挂肚、欲罢不能。

总体而言，《重罪》情节紧凑、紧张，一气呵成。说它是近年来少有的精彩、好看的通俗文学作品之一，并非言过其实。

## 三

在我看来，《重罪》还不仅仅是一部情节小说，它在事实的真相与可耻的谎言之间，让人捕捉到更多的是关于人性的思考。像任何一部通俗小说一样，《重罪》也不可能用更多的笔墨去刻画人物性格和人物心理。但法因德的不凡之处在于，随着小说情节的进一步展开，人物的性格逐渐明晰，其心理也展露无遗，因此，小说也有更多令读者掩卷沉思的地方。

最残酷的事件、最严峻的时刻，往往最能见出人性的善与恶。

在《重罪》中，一个不可忽视的背景是，克莱尔在是否该相信汤姆的问题上自始至终是摇摆不定的。我们看到，她对汤姆产生疑虑始自他拒捕之时。但她真正怀疑汤姆对自己撒了谎，还是从她秘密前去与汤姆会面开始的。克莱尔对汤姆的破除监视的技术感到惊奇，这令她记起官方对汤姆身份的认定，也才意识到其中至少有一部分是实情。然而，汤姆在自己的藏身之处——一个避难所——马萨诸塞州西部那个无人问津的湖畔的一个几乎被人遗弃的小棚屋，还是说服了克莱尔，使她相信自己是无辜的。被捕以后，汤姆用动听的话语和誓言进一步取得了克莱尔的信任。可以说，每当对汤姆产生怀疑时，克莱尔总是试图从好的一面来看待自己的丈夫。即使对他在伯克希尔湖边的小屋里抗击法警的野蛮行径，她也认为那只不过是为了自卫，是一种求生的本能。后来，汤姆顺利通过了测谎器的测验，这似乎从一个科学、客观的角度为克莱尔对汤姆的信任增添了筹码。不仅如此，沃尔登受命做交易的插曲又加深了克莱尔的自信：汤姆是遭人陷害的。在小说的第四部中，汤姆表示自己是“克莱尔的坚强支柱”，再次用温情与花言巧语瞒过了克莱尔。在第五部中，当克莱尔再次去找汤姆证实他没有撒谎时，汤姆依旧是信誓旦旦。因此，“汤姆是无罪的”这个贯穿始终的信念，是克莱尔思想、情感、行动的支撑点。

同时，使得故事情节具有一种开放性，也深化了故事情节的复杂性和不确定性。克莱尔在瞬间被拖入到这场莫名其妙的纠纷之中，虽然她自始至终不相信自己的丈夫有罪，但她的善良与温情在冰冷的现实与冷酷无情的事实面前被撞得粉碎。汤姆的的确确欺骗了她。当我们知道了故事的结局，再回过头来想一想，我们看到的是信任与背叛相交融，看到的是善与恶的显著对比。

小说不仅展示了克莱尔温情的一面，同时也表现了她坚强的另一面。首先，面对男权的军队司法体系时，她作为一名女性面临着比男性更多的困境，但克莱尔所表现出来的果断、认真、坚韧，又显露了她刚毅的一面。其次，克莱尔在最后认清汤姆的本性时，毅然决然地开枪打死了他，使得一个不仅真诚而且爱憎分明的丰满、立体的形象展现在读者的面前。总体而言，克莱尔是可信、可爱、可佩、可敬的。

汤姆，其残暴的本质似乎隐藏得很深，实际上在日常生活中，他已经有所显露，只不过因为被克莱尔从好的方面去理解，才没有过早地暴露真面目。在整部作品中，他谎话连篇，编造了一个个动听的故事。与汤姆形象息息相关的是赫尔南德斯。他在小说中，同样是个隐藏很深的恶魔。是他，在汤姆的协助下，残忍地杀害了87个无辜的百姓。俗话说得好，多行不义必自毙。他们最终受到了应有的惩罚。但我以为，小说中还有一个极易为人们所忽视而又必须引起人们重视的人物，即罗伯特·伦蒂尼，或者叫丹尼斯·T·麦凯。在我看来，他是小说中隐藏最深，同时又是比汤姆、赫尔南德斯更加阴险的一个人物。这位后来成为中央情报局作战科科长的丹尼斯系汤姆当年的同伙。他在加入27小分队之前，可能已经是中央情报局的官员了。他在13年后的军事司法调查和审判阶段，操纵了整个过程，小说的几乎所有重大事件都与他有密切关系。他是克莱尔的消息来源。是他“不知怎么”找出了马克斯的备忘录，有效地毁了将军的前程，导致将军自杀身亡。又是他“不知怎么”搞到了一盒录有汤姆远在萨尔瓦多通过野战无线电说话的磁带，把它送到了国防情报局。这盒磁带不仅是伪造的，而且伪造得十分巧妙，能经得起起诉方的检查，但被告方的专家又能证明它是伪造的。这件伪造的证据搅黄了审讯，使汤姆得以获释。还有，大约是他安排了克莱尔的吉普车刹车失灵，差点导致她“意外”死亡。对这个人物的精心塑造，不仅深化了小说的情节，同时也使人洞悉了军方权力之争的残酷与激烈。小说中的这样一些人物，不仅使人们看清了他们隐藏很深的丑恶的一面，同时也让善良的人们深思：我们对自己身边的人又了解多少呢？

在一部通俗小说中，把人性的善与恶写得如此深沉而又深刻，可见法因德思想的丰富与写作功底的深厚。

## 四

法因德的小说大都是预言某个重大的国际题材的。他曾经说过，他试图展示的是那些先前未曾披露过的信息与情报。那么，他是如何预言这些重大事件的？又是如何得到那些敏感的内部信息从而使其小说读起来真实可信的？法因德在因特网上对采访者说："我不是巫师，我只不过以恰当的方式找到了知情人。"值得一提的是，法因德是前情报官员协会的会员。这两方面的原因就使得他的作品具有真实、可信的一面，哪怕它完全是虚构的。《重罪》所叙述的故事，虽然是杜撰的，但它所涉及的相关的军事行动乃至军事审判经常掩盖真相的事情，却恐非出自想象。

特别值得一提的是，法因德不仅就事论事地揭露了军方掩盖的事实，而且其重点还在于抨击可能令军方尴尬的掩盖真相的体制。他曾明确地指出，"如果说你在军队得不到公平审判可能是言过其实——但要得到却不容易"。在《重罪》中，我们完全可以感受到，军事审判与平民审判之间的区别是巨大的。在军事审判中，首先是事实被掩盖起来成了秘密，理由往往是简单而又充足——关乎国家安全。有关国家安全——很少有人会关心这种说法是否准确——因此经常成为军方某些人掩盖事实真相的遁词。其次不能有审判员，不得公诸媒体，也就是说，没有人了解，也没有人监督。在此情况下，一个人就会因为被称之为"耻辱的行为"而被指控、入监，甚至一生都会毁灭。对体制的抨击，法因德没有手软，也没有留情面。另外，法因德还披露了美国联邦调查局在辨别人方面所使用的一些手段与技巧。一部情节小说，不是为情节而情节，这既是法因德难能可贵的地方，也是其小说发人深省之处。

《重罪》的情节一环扣一环，悬念不断，自始至终都让读者在猜想故事的结局。我们不得不佩服作者讲故事的本领：小说一点都不令人厌倦，它会吸引人从头读到尾，又令人掩卷沉思。

在我刚刚读完这部小说、正在动笔写这篇评论文章之际，新华社1999年10月29日播发了一则消息：美军开始调查“老根里事件”。报道说，由美国陆军检察官阿克曼中将率领的美军调查团29日前往韩国忠清北道永同郡，开始对美军在朝鲜战争初期屠杀无辜平民的“老根里事件”进行调查，表示要彻底查明事件真相，并决定在明年（2000年）上半年完成调查工作。

这，再次证实了法因德是位了不起的预言家。

# 感悟生命，重塑自我

## ——评《较量》

美国爱荷华州立大学的前任美国文学教授戴维·莫雷尔的新作*Extreme Denial*，其中译本名《较量》，应该说相对于原名不甚确切，因为英文原文中“extreme”是“极端”、“坚决”的意思，而“denial”是“拒绝相信”、“拒绝接受”、“拒绝给予”并有“克制自己”的含义。然而，从小说的内容看，这一篇名又是恰如其分的。它动感很强，抓住了作品的中心内容以及作者所要展示的主题思想，那就是：感悟生命，重塑自我。

《较量》

身怀绝技的英雄、俏丽多姿的佳人，与权势和黑社会进行抗争与搏斗，似乎是任何一部流行小说不可或缺的人物与情节。然而，要合情合理地安排情节，使之能够深深地吸引读者，使描述的人物真实可信，令读者为之动容，则绝非易事。《较量》全书悬念频生，令人时而为主人公的处境担忧，时而为情节的突变而不胜意外。无论是就思想性还是艺术手法而言,《较量》都称得上同类作品中的佳作。本文拟就作品中生活、爱情与自我三个着眼点,谈一谈《较量》在主题思想与艺术手法上的独到之处。

优秀的外国流行小说,一般都善于从繁华的西方文明世界、奢侈的物质生活中寻求潜藏的社会危机、人性危机和尖锐的矛盾冲突,鞭挞腐败的权力制度,探索严肃的人生理想。《较量》同样显示了这种深刻的思想性。而《较量》的独到之处在于它凸现的是主人公的内心矛盾与外在矛盾的冲突,展示了主人公卷入世事纷争的被动性与迫不得已。而主人公对生命的感悟,对现世生活的深刻反思,则体现在人物的爱情演绎与重塑自我的过程中。

小说的第一章是个引子,交代了美国中央情报局在意大利罗马秘密活动失败的前因后果:由于布赖恩的好大喜功与昏庸无能,导致二十多名美国游客被恐怖分子杀害,而最终德克尔被迫承担全部责任,于是他愤然辞职。辞职,并非冲动之举。作品一开始对此即有铺垫。在德克尔刚刚抵达罗马时,他已经对目前的生活有过深刻的内省。“他常年在外奔波,但不论到了哪儿,他总感到自己是个局外人。”“他的生活中只剩下工作。”这种迷失自我的生存状态,是现当代西方文学艺术不断演绎与诠释的一个主题。罗马事件只是个导火索,但它成了德克尔生活的一个转折点:对十年情报特工生涯的厌倦(“干这一行是在耗费自己的生命”),对自己二十多年漂泊不定生活的深刻反省,使他渴望摆脱过去而去寻找一种新的生活。这种对生活的反思与关注,从表面上看涉及的是“怎样生活”的问题,但称之为哈姆雷特“To be or not to be”（存在还是毁灭）问题当代的思考，或许不算过分，因为它实际探索的是生命存在的意义。然而，重新开始并非易事。这种艰难来自两方面的压力：内在的与外在的。所谓内在的压力，是主人公难以轻易转变的积习。过去二十多年的呆板的生活烙印是如此深刻，以至于让他有些茫然，“感到毫无把握”。然而，德克尔辞职后没有回到以前的公寓，而选择了一个对他来讲是全新的地方：圣菲。这种选择是极富象征意味的，它显示了德克尔努力摆脱过去的决心。在一年多的时间里，德克尔终于平定了躁动的心，找到了自己的位置，成了一名成功的房地产经纪人。

作者对主人公内心的转变并未花费太多的笔墨，而更多地着眼于主人公所受到的来自外部的挤压与对抗。当德克尔刚刚开始一种宁静的生活，特别是寻找到心上人贝丝时，外部的骚扰就同步到来了。他与贝丝一同去听歌剧时，布赖恩的闪现立即将德克尔拉回到对过去生活的回忆当中，破坏了他的心绪；当德克尔与贝丝刚刚开始相知相爱时，一场突如其来的“夜袭”便将他“即将拥有这一切（爱情、家庭、子女）”的美梦击得粉碎；随之而来的是住所被炸，贝丝被人神秘地接走。事件一个接一个，使他的平静生活顿掀波澜。他不得不接受这个严酷的现实：抗争。

值得注意的是，这种抗争并非出自自愿。我们常见的英雄人物，往往会在关键时刻挺身而出，他们出手不凡，无往而不胜。德克尔则在这场较量中完全处于一种被动的状态。当他不得不面对现实时，他痛苦地意识到自己处于一种两难的境地：虽然他厌倦外界对自己生活的干扰与伤害，但又无法坐以待毙。迫于无奈，只好“恢复原状”，除此之外“没有别的选择”。另一方面，这种被迫的选择也来自内心的疑团：贝丝是否利用了自己，是否爱过自己，等等。因此，抗争同时也变得与自己的爱情息息相关，与他的信念息息相关，与他的全部生活息息相关。此时此刻，行动成了生命的全部。在近乎田园般的宁静生活与短暂的爱情中找到自我存在价值的德克尔，不得不再次奋起搏杀。这不仅仅是为爱情、为自尊、为信念，更是为自己生命存在的意义。

人类的悲剧性或许就体现在无法把握自身的命运。《较量》写足了人与外部世界较量斗法时的困窘与万般无奈。

人们对生命的感悟与体验是多途径的，爱情无疑是重要的环节。《较量》采用了近乎“复调”艺术的手法展示了或明或暗的三条爱情线索：德克尔与贝丝，布赖恩与雷娜塔，埃斯帕兰萨与他那位没有出场露面的妻子。作者以浪漫主义的笔触赞美了德克尔与贝丝的爱情。德克尔对贝丝的爱情真挚动人：无论是遭受“夜袭”，还是住处被炸，抑或是后来扑朔迷离的各种事件，德克尔首先想到的便是：不要伤害了贝丝。他的征战、搏杀的全部意义都是为了贝丝。他们共同追求的真诚爱情无疑是最打动读者的。布赖恩与雷娜塔是作者描述的另一对人物，他们恰与德克尔与贝丝形成鲜明的对比。在人们能够以平常心看待与评价人间世事的今天，大概不会有人怀疑他们之间同样存有的那份情感，对布赖恩来讲更是如此。从一出场，布赖恩便被其“所爱的人”雷娜塔出卖了，破坏了他在罗马的全部计划。他为此曾是多么恼怒、多么疯狂地去追寻那个欺骗了他的女人及其同伙。然而，随着事态的发展，他又与雷娜塔走到了一起，原因在于雷娜塔使他相信她是爱他的。从某种角度看，布赖恩的“轻信”有其可爱的一面，然而，就他与雷娜塔的爱情而言，有着太多的功利性以及相互利用（而这正是德克尔所极力反对与不可容忍的），这些同变态的复仇心理、疯狂的追杀纠缠在一起，让人看到了他们生活与自我中丑陋的一面。他们的感情线索，从一个侧面反衬出德克尔与贝丝对待爱情的严肃、认真与真诚的态度。

埃斯帕兰萨的婚姻生活无疑是令人同情的。作者以寥寥数笔便道出了个中原委：他不愿意放弃警官身份，妻子埋怨他“和工作结了婚”——显然，他的生活中只有工作。这种生活态度与生活方式使他无法拥有一个完整的家，最终妻子离家出走。与德克尔相比较，我们惊奇地发现，这难道不是从前德克尔的生活缩影吗？在这里，作者似乎要告诉人们：没有爱情的生活显然是有缺憾的；而有着充满功利性、欺诈的“爱情”则只能导致毁灭；唯有两心合一、追求人生美好理想的人，才能深刻体悟生命的真正意义。

重塑自我是作者倾力描述的另外一个重点。小说没有过多地描写五光十色的都市生活，突破了西方流行小说经常描写的那种旧的框框，将视角投向了似乎远离尘嚣的圣菲。正是由于对现世的不满，德克尔才来到了这个洋溢着自然风情的小城。他渴望回归大自然，做普普通通的人，开始新的生活，重新找到自我。为了加强作品的艺术效果，作者采用了近乎意识流的手法，将主人公的心理刻画和自由联想巧妙地结合在一起，使得德克尔的形象给人以清新与逼真之感。贝丝同样也在寻求新的生活，她的梦想同样是彻底抛弃过去，摆脱心灵上黑色的阴影，开辟新的未来。麦基特里克是作者着力刻画的一个反面人物，他背后有占据着显赫地位的父亲撑腰，同样也希望干一番大事业。然而，急功近利者往往稍遇障碍，便会不顾一切，甚至演化为疯狂。但作者并未丑化他，从某种意义上说，这位可笑的麦基特里克也是在努力挣脱过去，以求证明自己的能力。他强烈的战胜欲、不甘失败的挣扎与追杀，或可证明这一点。不过，这个人物形象给人的启示是：误入歧途与走火入魔者，越是执着便越是可怕与可恨。在作者的笔下，德克尔的正直、勇敢与果断，麦基特里克的凶残、暴戾与狡猾，埃斯帕兰萨的善良、忠厚与敬业，都表现得恰到好处，人物形象跃然纸上。

另外值得一提的，是小说主人公的平民化形象。西方“二战”以后的严肃文学、通俗文学乃至影视艺术中都出现了“非英雄”以及“反英雄”的形象。他们不再是以往作品中脱离现世生活的、人们心目中高高在上的偶像。同时我们从他们身上也能够看出他们的超凡脱俗之处。近年来，这种“反英雄”形象又有更加趋于“平民化”的倾向。他们不再是貌似平庸、实则不凡的人物，而是有着普通人应有的情感与生活，同样也怀着并追求着世俗的美好理想。德克尔便是如此。他拒绝承认自己是英雄。当贝丝说他是自己心目中的英雄时，他答道：“英雄都是傻瓜。英雄总是会送了自己的命。”事实上，我们也看到，他不仅仅执着地追求爱情，同时他也像普通人一样会嫉妒、赌气（要与贝丝分手）。正是这些复杂难言的情感，显示出他的可爱之处，也使人物更加真实可信。

《较量》昭示着人们感悟生命、走向自由和平的殷殷之情。或许，在自然的怀抱中，无私无畏的追求才能给人心灵以永恒的安定，这不是虚无、幻灭的美，而是强者的超越现实的充实。

# 索尔·贝娄：美国文坛的常青树

——简评《贝娄传》

如果有人问，作家是不是天生的？估计答案应该是各式各样、五花八门的。但有一条，应该说为时间，也为实践所检验，那就是有一些作家（如果不说是很多的话）并不是从一开始就被人看成是作家的料的。所谓小时了了，大未必佳。最近，美国著名传记作家詹姆斯·阿特勒斯（James Atlas）历时10年撰写而成的《贝娄传》（*Bellow: A Biography*，由兰登书屋出版发行）就为我们提供了这样一个例子。早在20世纪60年代的早期，《纽约时报书评》曾召集了6位美国知名批评家，要他们提名谁最有可能成为继福克纳、海明威之后的经典作家，贝娄名列其中。到20世纪90年代的中期，英国的《伦敦太阳时报》访问了30位英国的知名作家，请他们提名在世的最伟大的英语作家，贝娄在提名中名列榜首。贝娄一生获得过众多的奖项：3次国家图书奖，1次普利策奖，1976年获得诺贝尔文学奖。然而，在贝娄的青少年时期，他的创作才能并不被人看好。他的父亲就曾说："你写写，然后再涂涂，你把这叫作职业？"贝娄的一个中学同学嘲笑说："索尔要成为作家？他准备写什么呢？他脑子里一点主意都没有。”当然，也有人对贝娄的才能充满信心。贝娄高中时期的女友后来回忆说：“我在他身上感觉到了一种天才。他在为校报写稿的时候，他就认为自己是个伟大的作家了。”

事实验证了贝娄早年女友的这番话。在当代美国文坛，索尔的文学地位是很高的，大概无人可以与之比肩。在诺贝尔文学奖的获奖作家中，他被公认为与贝克特（Beckett）齐名的、最伟大的喜剧小说家。《贝娄传》详细记述了已经在现代美国文学史上确立其经典作家地位的索尔·贝娄（Saul Bellow）半个多世纪来的生活和创作经历。该书可谓巨著，洋洋洒洒达700多页。

没有个性的作家，大概很难写出富有个性的作品。富有个性的作家，无疑又能给传记作家提供绝好的原始资料。现年已经85岁高龄的索尔·贝娄是最富有个性的作家中较为典型的一个。然而，尽管贝娄声名威震、材料丰富，甚至绯闻不断，但要为他写一本传记则绝非易事。因为，贝娄不仅个人行踪飘忽不定，而且到目前为止依旧不断有新作问世。这本身就是对传记作家的一种挑战。另一方面，就贝娄的个性而言，他又是人所共知的、典型的自恋狂。在个人私生活上，他一直不停地在女人中间穿梭，被喻为交通警察（他现任的也是第5任妻子詹妮斯比他小44岁）。更大的问题在于，贝娄对众多要写他的传记作家很反感，不仅不配合，并且极力排斥。他说：“我仍然认为自己是一棵还在成长的树。我还没准备把自己送往锯木厂。”

阿特勒斯本人是一位知名的文学记者，在纽约工作多年，曾经以写作了倍受赞誉的诗人戴尔莫·施瓦茨（也是贝娄的朋友）的传记而著名。面对这样一个捉摸不定又极富魅力的人物，阿特勒斯的《贝娄传》历时10年，其间的辛苦自然可以想见。阿特勒斯说，他在写作《贝娄传》的时候，深入钻研了贝娄的信件、众多的手稿，访问了贝娄的亲人，跟贝娄的朋友甚至情人交朋友，跟贝娄达成了一种在生活中无法达成的关系。他就是以这种方式“促使贝娄跟他配合的”。

有一种作家传记，既在作家的作品中寻觅其生活的印记，又在其生活轨道上探索其与创作的关系，并进而深入到作家的思想、感情的心路历程上。《贝娄传》就是这样的传记。阿特勒斯既努力去捕捉贝娄在文学上的辉煌时光，更关注他个性中的傲慢自大之处，尽力给我们展示了一个真实的贝娄的形象。

在阿特勒斯的笔下，贝娄打小开始就渴求成为引人注目的人物，而这个特点今也再没有改变。自从他早年生活在移民环境中的拉祁那镇（蒙特利尔的郊区）起，到蒙特利尔，再到芝加哥，这位犹太教教士的孙子、浸淫了意第绪文化和法兰西文化的青少年，一直把文学视为神圣的事业并且矢志不移。尽管父亲对他不无揶揄、讽刺，尽管他的兄长们（两个哥哥都是经商的）对他总是一副居高临下的态度，但贝娄始终坚信他会成为一位伟大的美国作家。

最先给贝娄带来文学声誉的是他的小说《晃来晃去的人》（1944）与《牺牲品》（1947），到60年代，他的声望因为《赫索格》（1964）等小说的出版而达到顶峰。阿特勒斯注意到，贝娄早期的主题集中在"怎样成为一个美国人"这样的过程中。到后来，他又热衷于塑造聪明的主人公（他们大多都谈锋甚健、博学多识，但话题往往离题万里）。在20世纪的七八十年代，批评家总是认为，贝娄在本质上是一位理论家。这源于他在作品中的大段议论和理性思维。但阿特勒斯对此提出了不同的看法，他认为，贝娄的美学观、对艺术技巧的熟练把握确实主导着这个不知疲倦地从事创作者的精神实质。但在他逐一评价了贝娄的作品后，尤其在对其小说的主题做了进一步的探讨后，阿特勒斯对贝娄描述人物的"细致入微和显而易见"的能力给予了高度评价。应该说，阿特勒斯试图在纠正过去学术界对贝娄的一个偏见。无论这个观点正确与否，我们都要承认，优秀的作家传记，往往能提出一些颇有见地的见解，甚至能够纠正在评论界为人所忽视乃至错误的观点。这应该说是作家传记的功能之一。

作家的创作无疑是与其个人生活紧密联系在一起的。对于像贝娄这样极具个性的作家来说更是如此。阿特勒斯深入细致地研究了贝娄私生活的方方面面。比如，他用大量的事实说明，以下几个方面都是与贝娄的创作密切相关的。第一，贝娄始终有一个愿望，就是要显示给他重实用的父亲和兄弟们看，他完全可以在文学上取得成功。第二，贝娄一生都在怀念他的母亲。贝娄的母亲在他年幼时就去世了。而缺乏母爱的贝娄，在他众多的妻子和数不胜数的情人中间去寻找这种失去的母性之爱。第三，贝娄总是利用其"传说般的漂亮相貌"，不断地欺骗他的妻子和女朋友。第四，贝娄总是无法移情。他总是不断地强调自己的个人自由以及个人工作的重要性，但不顾及自己身上的责任（比如婚姻和孩子）。他总是把名誉看作自我开脱的主导因素，倾向于把自己描述为环境的“被动的”牺牲品，其目的不过是为了掩盖自己自我膨胀的选择而已。阿特勒斯特意在书中强调说，“索尔想做什么就做什么”，“这句话一直在贝娄的朋友和亲人中流传着。”应该说，我们在贝娄笔下的主人公身上，总是能够看到这样的一些性格特征。

为在世的作家写传记看似容易，其实很难。尤其对那些还在进行创作的作家来说更是如此。读者是能感受到《贝娄传》作者所面临的挑战是多么艰难的。进入20世纪90年代以来，贝娄还在不断地写作，甚至更加活跃：出书、演讲，等等。阿特勒斯透露说，他打电话给贝娄，说他要写一篇文章谈谈他们之间的交往，就此征询他的意见。贝娄在电话中是这么回答他的：“我给你讲个故事。有人问一个智者：‘无知与漠不关心之间有什么区别？’”

答案是什么呢？“我不知道和我不关心。”

从这个回答我们也能领教贝娄这位美国文坛常青树的个性和魅力。

# 评论还可以这样写

## ——评《创造灵魂的人》

## 一

埃德加·劳伦斯·多克托罗（Edgar Lawrence Doctorow, 1931－　）是美国当代著名作家，被冠以后现代主义作家之名。

著名，是因为他的作品屡获美国大奖，如获得过“美国国家图书奖”，两度获得“美国笔会/福克纳小说奖”，三次获得“国家书评人协会小说奖”。除此之外，他还获得过“伊迪丝·沃顿小说奖”、“美国艺术与人文学院威廉·迪恩·豪威尔斯奖”。1998年，他获得了由美国总统颁发的“国家人文奖章”。其众多作品已被翻译成三十多种语言出版发行。

多克托罗1931年出生于美国的纽约市，其父为俄裔犹太人的后裔。多克托罗曾在纽约市的布朗克斯科学高中上学，1948年入肯尼恩学院（Kenyon College）读大学，念的是哲学，在大学期间曾师从诗人、新批评家约翰·兰瑟姆（John Crowe Ransom）。1952年大学毕业后，在哥伦比亚大学（Columbia University）读研究生，专业是英国戏剧。但一年后应召入伍，被派往了德国。

退伍回到纽约后，多克托罗创作了第一部小说《欢迎来到艰难时代》（*Welcome to Hard Times*），该书出版于1960年。此后，他做了9年的图书编辑，先是在新美国图书馆（New American Library）出版社，后来到日晷出版社（The Dial Press）做总编辑工作。在此期间，他出版了不少美国著名作家的作品，包括詹姆斯·鲍德温（James Baldwin）和诺曼·梅勒（Norman Mailer）等。

《创造灵魂的人》，[美]埃德加·劳伦斯·多克托罗著，郭英剑译，译林出版社，2010

1969年，他离开出版行业，成为了加州大学厄湾分校（University of California at Irvine）的驻校作家，专心写作。1971年出版的《丹尼尔之书》（*The Book of Daniel*）被《卫报》誉为“杰作”，《纽约时报》从此把多克托罗归入到“一流美国作家”的行列。

他的小说《拉格泰姆时代》（*Ragtime*）被誉为“20世纪100部最优秀的小说之一”。其后来的作品如《进军》（*The March*）、《上帝之城》（*City of God*）、《诗人的生活》（*Lives of the Poets*）、《世界博览会》（*World's Fair*）、《比利·巴思盖特》（*Billy Bathgate*）和《滚滚流水》（*The Waterworks*）等更是为他带来了无尽的荣誉，奠定了他在美国文学史上的地位。

多克托罗曾在普林斯顿、耶鲁等名校任教，目前是美国纽约大学（New York University）的英文教授。

## 二

多克托罗不仅是一位出色的作家，还是一位出色的文学与文化批评家。

作为作家涉足评论界，在国内和国外的文学界都很常见。仅就美国而言，一位作家转身写作评论，既多产又赢得了批评家声誉的恐怕莫过于著名的当代作家约翰·厄普代克（John Updike）了。虽然多克托罗无法与厄普代克相提并论，但我认为，把批评当作副业的多克托罗，其思想、见识都并不输于其他的批评家。

《创作者》一书由16篇文章组成，其中1篇是谈《圣经》之《创世记》的，12篇谈文学，1篇谈喜剧，1篇谈科学——主要谈的是爱因斯坦，最后1篇谈战争。这里的文章大体都是多克托罗应邀在学术会议上的演讲、发言，或是应出版商的邀请为相关的作家作品所写的序或后记。

那么，总括来看，《创作者》一书的要旨是什么呢？

一言以蔽之，它探讨的是想象性思维的本质问题。想象性思维不仅涉及文学、文化，还涉及科学，同样也涉及社会。就这个本质问题，多克托罗从文学谈起，由《圣经》到众多作家——如爱伦·坡、斯托夫人、马克·吐温、海明威、阿瑟·米勒等，再到喜剧，最后到科学与战争。

多克托罗的评论文章有着鲜明的特征。

第一，他的评论都会涉及一些具体、有趣但又至关重要的问题。比如：我们都知道，《白鲸》是一部描写白鲸的海洋小说，但作者问道，在一部大约有566页的小说中，为什么直到537页了，白鲸才露出水面开始喷水呢？再如，著名作家劳伦斯从埃德加·爱伦·坡的作品中推断出坡“精神恶化”的结论——我相信不止一个人会这么看待爱伦·坡（包括与坡同命运的作家们），但多克托罗的问题是：一个真正的精神崩溃的人怎么可能创作出多达数百页的小说、诗歌、文学评论、美学原理呢？还有，那个从未到过美国的卡夫卡，是怎样想到，又是怎样写出了《美国》这一经典之作的呢？

评论中的这些问题，会引导读者不知不觉地跟随着作者的思路前行。应该说，这是多克托罗的高明之处。

第二，他的作品视阈广阔、思想深刻、观点新颖。

一般来说，评论文章都应该也会有真知灼见，但多克托罗很大的一个特点是，他不是为评论而评论，不是为深刻而深刻，而是让读者真的看到了他的洞见，让你感受到他对作品是“读得进去，也走得出来”。他的许多观点总是令人深受启发。

比如，他在论述《创世记》和引言中告诉我们，故事是人类知识的储藏室。曾几何时，我们的人类只有故事（stories），故事就像我们先祖使用的铁锹一样重要。只因这些故事经过了口耳的代代相传，我们才有今天的历史，也才有了后世认识世界、了解历史的可能性。

再比如，他在高度评价爱因斯坦对这个世界贡献的时候，提醒我们不要忘记产生爱因斯坦的时代，既产生了一大批科学界的英才，更有一大批文学界、艺术界的精英。多克托罗仿佛在告诉我们，文学艺术与科学有着同等重要的地位。

第三，他采用新批评式“细读”的方法，很有说服力。

从某种角度讲，作为一名作家从事文学与文化批评，要比一般不从事文学创作的读者对作家有更深层次的理解，也可能更能洞悉作家的创作心理乃至细致入微的叙事技巧。这一点，突出地体现在多克托罗对作家叙事手法或是技巧的透彻分析之中。

比如，他在认真地阅读《白鲸》后认为，就其叙事而言，在一部海洋小说中，其重点应该是与白鲸的相遇，但麦尔维尔却将大部分时间和内容都浪费在了陆地和人的叙述上，这样一来，作为作者的麦尔维尔在创作时，会不会有焦虑感呢？

再比如，多克托罗对卡夫卡的《美国》的分析十分精到。在给我们引用了《美国》的主人公卡尔在仔细地观察了美国的政治集会之后，多克托罗说：“这是一场从欧洲的阳台上观察到的美国的政治集会。”不能不承认，从叙事的角度得出的这番结论，令人叹服。

身为作家，自然而然会重视其他作家的叙事手法，同时，这些思考无疑也会反映作者本人的创作思想与艺术手法，但在我看来，这些更多地还是给我们读者以深刻的启示。

第四，他的评论语言朴实，言简意赅。我特别提到这一点，是因为我们很多评论的文章都喜欢或者习惯于使用艰深的理论，晦涩难懂，仿佛不如此，评论就不深刻。多克托罗的文章有长有短，短的不过两页，尚不足2000字。有话则长，无话则短，应该是评论文章的重要特征。对这一点，看看多克托罗的评论，就一目了然了。

第五，我们不能忘记的是，多克托罗的评论具有鲜明的时代特征。

多克托罗的思想是入世的，因而对世界多有关注，对社会也多有评论。他在获得美国“国家人文奖章”后发表的两分钟感言中说：“我真的不知道如何将人文从生活中分离开来。……我有时很担忧，在我们的文化中，把人文与艺术放在一边，另一边则是严肃、实用和坚硬的商业世界，这样的分类方法实在是个错误。”应该说，从这里所选的文章来看，多克托罗是用人文、艺术的视角，去观照这个世界的。作为一名左翼知识分子，多克托罗在书中毫不隐讳自己“左”倾的政治观点，包括对现任总统发动伊拉克战争的不留情面的批评。

在很多时候，一个有着激进政治观点的人往往会影响他认识世界、看待人生、评价社会的尺度与标准。但我想说的是，多克托罗的政治观点虽然激进，其政治态度在美国也引起了不少的争议，但这并没有遮蔽他锐利的目光。我们可以看到，他对这个时代是极为敏感的，其想象力丰富，分析颇为透彻。比如，他的“爱因斯坦”和“炸弹”两文，都让我们看到了理论物理学家“悖谬而痛苦的命运”，虽然他们“个个才华横溢，但他们在研究中所取得的科学进展和发现，却总是无法在情感上同工作背后那灰暗的目的联系起来”。

总而言之，思想深刻、见解独特、语言简洁，可以说是不断思考世界和历史的多克托罗的文学与文化评论的特征，而这种特征正是我们这个时代所需要的。

阅读多克托罗的评论，在茅塞顿开的同时，让你感到心情愉悦。

在我看来，评论就应该这样写。

# “自杀天堂”背后的故事
## ——评《大瀑布》

乔伊斯·卡罗尔·欧茨（Joyce Carol Oates, 1938－　）无疑是美国当代最著名的作家之一。

说她最著名，我想，有三个原因：第一，现任美国普林斯顿大学教授的欧茨是位公认的多产作家。欧茨已年逾七旬。从她1963年出版第一部短篇小说集《北门边》开始，在她40余年的创作生涯中，已经出版长篇小说近40部，短篇小说集20余部，还有多部中篇小说集、剧本、诗集以及论文集。她的很多作品都获得了大奖，多次获得美国图书奖。就在2003年，她还因为对文学的杰出贡献而获得了共同财富奖（Common Wealth Award）。第二，欧茨是位严肃作家。她的作品虽然经常上畅销书榜，但无疑应该属于严肃文学的范畴。当今美国文坛那些重量级的作家、评论家如约翰·厄普代克、约翰·加纳对欧茨推崇备至。第三，欧茨的作品题材广泛，人物多姿多彩，几乎涵盖了当今美国社会中的各种阶层人物的心理世界。

正如她的许许多多的作品一样，《大瀑布》（*The Falls*）在

2004年9月一出版，即好评如潮。著名的《科尔库斯评论》说，“这是迄今为止她最好的作品——也是一部代表作”。

好评如潮，有时候并不能说明问题。因为畅销书出来后，获好评者总是居多，但真正有文学价值的，则需要时间的检验和读者的判断。

但在看了这部作品之后，我非常赞同这样的说法：《大瀑布》是欧茨迄今为止最好的小说。

欧茨的很多小说都有很精彩的故事，《大瀑布》也不例外。

《大瀑布》，[美]乔伊斯·卡罗尔·欧茨著，郭英剑译，长江文艺出版社

《大瀑布》从一开头就吸引了读者的注意力：

有人自杀了。

我们不禁要问：

他是谁？为什么？为什么在这里？

原来，1950年6月12日一大早，当新婚才一天的新娘阿莉亚从梦中醒来的时候，发现新郎不见了，自己孤身一人被留在了酒店。很快，消息传来，自己的丈夫纵身跃入了尼亚加拉大瀑布。就这样，阿莉亚成了媒体关注的焦点，她被称作“大瀑布的寡妇新娘”。命运似乎给这位天主教牧师的老处女女儿开了一个天大的玩笑：她的丈夫是一个同性恋，因无法忍受现实的痛苦——道德的、身体的、心理的——而奔赴黄泉。阿莉亚从此就认为：自己的命运是被诅咒了，从此难以翻身。

然而，一位年轻富有、潇洒英俊的男子德克闯入了阿莉亚的生活。他深为她的传说、她的气度所迷恋，向她求了婚。从此，两人幸福地生活在一起。他们有了三个孩子。

阿莉亚的预言似乎在冥冥之中得到了答复。她的丈夫因为本地一起涉及公众利益的诉讼案，为人所陷害。之后，阿莉亚举家搬迁，到了一个无人知晓的地方，过着近乎与邻居隔绝的生活，独自抚养着自己的三个孩子。

孩子们慢慢长大，也都离开了家，离开了他们的母亲阿莉亚。他们也开始遇到自己生活中的问题，开始思考父辈们曾思考过的问题，关于爱、关于家庭、关于生命、关于生活、关于生死。

那么，这样一部小说有什么看点呢？或者说，这是一个怎样的故事呢？我认为：

《大瀑布》是一个人与大自然的故事。人与大自然的故事可以是多种多样的，可以写成人对大自然的敬畏、人对大自然的破坏、人与大自然的和谐相处、大自然对人类破坏生态的报复，等等。但在这里，作者选取的是一个特殊的自然背景：有世界七大景观之一之称、有着绚丽多彩和迷人风光的尼亚加拉大瀑布。

而具有天然风光的地方既美丽多姿，又虚无缥缈，往往令人心向神往、匪夷所思。

从作品前有关尼亚加拉大瀑布的题记中，我们就可以看到作者对大自然所持的一种敬畏甚至是恐惧的态度，也就是说，在人们盛赞大自然的华丽辞藻的背后，还存在着更令人神往同时也更为神秘的东西——这，对人类来说，有时就是厄运。

比如，我们在作品中看到的几个人物，都为大瀑布所深深吸引。第一个是投水自杀的吉尔伯特·厄尔斯金。他在前往大瀑布的途中——不到半个小时——回顾了自己年轻的一生。在最后的一瞬间，他也曾怀疑自己这样是不是愚蠢的，但那个时候，他被绚丽的水雾、彩虹所吸引，毅然决然地纵身跳入了大瀑布。第二个是阿莉亚的女儿朱丽叶。她像自己的哥哥一样，十分想念在自己年幼时即已身亡的父亲。她好像是在冥冥中听到了来自大瀑布的父亲的呼唤，于是她为这个声音所困，有一天情不自禁地走向了瀑布……若不是她后来的男朋友小巴德跟踪她，并在关键时刻出手相救，后果是无法想象的。

由此我们似乎看到了作者隐含的观点：在大自然面前，人是弱小的、无助的。有时候，大自然会发出神的感召。所以，人们还是应该敬畏大自然。

《大瀑布》是一个女人相信命运但又抗拒命运的故事。作者所塑造的阿莉亚这个人物，应该说是真实可信的。在外人看来，包括她的父母，她虽然性格孤僻，不善交际，但她刚毅、勇敢、特立独行。

她的勇敢，从故事一开头我们就看到了：她知道丈夫投水自尽了，她不听任何人的劝阻，坚守了7天7夜，一直到看到那个抛弃了她的丈夫的尸体为止。而她的坚毅、独立更表现在她的第二次婚姻中。虽然她的丈夫德克是一位事业有成、家境富裕的律师，她完全可以像当时的很多人一样做一个幸福的贤妻良母，可她却坚决拒绝这样做，甚至不管不顾丈夫的劝告和旁人的流言蜚语，坚持做一个家庭钢琴教师。收入虽然微薄，但她却是以这样的姿态，去面对丈夫、面对社会。她对丈夫明确表述了这么做的一个“理论基础”：一旦你离我而去了——就像被第一个丈夫那样抛弃一样——那我可以自己养活我自己以及孩子们。正因为她始终坚持了这个理论，才使她能够在遭遇第二次命运打击的时候——丈夫被人杀害，也就是她所说的离她而去了——坚强地迎接命运的挑战。

这样的品质，不仅改变了自己的命运，更赢得了周围邻居、孩子们，还有读者的尊重。如果我们把这个人物放在20世纪50年代至60年代女权主义运动兴起和风起云涌的历史大背景中去看的话，我们更会看到这个女性身上的闪光点。

《大瀑布》是一个与历史有关的故事。“爱的运河”又译为“乐甫运河”，位于纽约州北部，原先是一处化学物质填埋场，在1953年的时候被改建成了居民区。但是，当地居民并不知道自己的家园和学校是建立在有毒垃圾场之上的。为此，他们的身心健康受到了极大的损害，有不少人还为此送了命。在以后的多年时间里，他们也曾就此事向当局投诉，但常常是石沉大海。终于在1978年，一份关于“爱的运河”有公共健康危害的报告证实了这一切。当地一位母亲组织了一次请愿行动，要求关闭她儿子所在的幼儿园。在这一行动以及其他抗议活动的压力之下，美国政府最终宣布“爱的运河”居民区进入联邦紧急状态，大多数居民最后都得到了妥善的安置。以后的研究也证实，该地区居民的癌症、出生缺陷及流产发生率增高。

小说作者所描述的这一段历史，大致符合当时的史实。本小说主要人物之一德克律师，在他身上，我们可以真切地感受到，当时人们努力抗争却受到有形和无形压制的历史事实。德克为此还付出了生命的代价。

《大瀑布》是一个有关命运轮回的故事。所谓轮回，同辈而言，不幸会多次出现，比如阿莉亚，两任丈夫先后去世。作为父母子女辈而言，父母一辈不幸的命运似乎也昭示着子女的未来。比如被杀害的德克，仿佛从大瀑布中发出了神秘的呼唤，要女儿朱丽叶到水里去看他。但这些是表面现象。或者说，从表面上看，作者似乎是相信上帝的，相信命运是由上帝安排的。比如，刚开始的时候，命运似乎对女主人公阿莉亚很不公平，就在一夜之间，她就由新婚的娘子变成了寡妇，成为了“寡妇新娘”，她也认为自己的名字就成了一个符咒。然而，从另一方面看，我们又必须说，命运对阿莉亚是厚爱的，就在她刚刚丧夫不久，那位高大、英俊、富有的德克就像天使一般从天而降。他们二人很快就坠入了爱河。

同时，我认为，欧茨的不凡之处还在于，她实际上写出了子女一代要挣脱父母一辈人的约束——哪怕这种约束源于自爱——而最终获得了成功。孩子们的出路，看似没有父母一辈那么高贵，所找的对象也没有那么门当户对，但他们是幸运和幸福的。

有评论说，《大瀑布》是一部家族小说。但在我看来，家族只是一个横切面，小说所涉及的内容异常丰富：爱情、人与大自然、历史、命运轮回、命运的抗争，等等。正如欧茨的其他作品一样，她关注社会、关注变革、关注人类。《大瀑布》追问和关注更多的依旧是人生的意义和生命的价值。但我认为，欧茨是乐观主义者。

就艺术写作手法而言，欧茨不愧是心理现实主义大师。这部小说像欧茨的其他小说一样，使用了作者很擅长的心理描写，使那些人物的内心世界展现在读者的面前。特别需要指出的是，现代主义作家使用过的那些“内心独白”、“意识流”、“象征”、“神秘”，等等，都可以在她的笔下出现，却让我们感觉不到晦涩、难懂的现代派的味道。这既是作者现实主义创作思想使然，也是作者艺术手法高明的地方。

其实，好的小说，不一定非要用这样那样的手法。现实生活中动人的故事很多，只要善于挖掘，写出来，就会很动人。

《大瀑布》，其实就是。

同时，不能不承认：欧茨的文笔是有魔力的。

# 公众，是否还可信任
## ——论《公众的信任》

从情节上看，《公众的信任》（*Public Trust*）不像一般的流行小说那么追求离奇的故事，更像一部正剧。我们之所以这么说，是觉得小说更加注重的是所发生事件的现实性，整个小说，好像是发生在我们身边的一个事件，真实、可信，同时又不乏曲折的情节、生动的人物。

## 一

这是一部典型的案中案小说。小说的主人公沙伦·海斯是一名律师，受自己的老板指派为被控犯了强奸杀人罪的戴克斯·威尔特作辩护律师。威尔特的案件并不复杂，他和同伙伍德罗一道入室抢劫、强奸并杀害了一名22岁的白人女子。但在沙伦为他代理辩护时，威尔特又供出了自己6年前的一个案子：他和伍德罗参与了那起名噪一时的强奸杀害德洛斯·伯恩赛德的案件。这一下使案件复杂化了。因为6年前的案子已经结案，“凶手”——当时被判刑的是被害人的丈夫伯恩赛德——已经被缉拿归案。现在又冒出来了两个人。那么，伯恩赛德是不是凶手？威尔特所说有多少真实的成分？如果一切属实，那么，为什么会出现大案错判？

按沙伦的想法，如果威尔特和伍德罗是凶犯，那么，一来可以为威尔特申请减刑，二来可以使无辜者伯恩赛德获得自由。但事情并没有她想象的那么简单。在她刚刚开始着手调查、取证时，就出现了意想不到的事情：她在从亨特镇回来的路上遭人袭击，差点被人暗杀。后来，证人受到威胁，不敢出庭作证。沙伦到南卫理公会大学图书馆查找法律依据时，车上被人安放了炸弹。不仅如此，伯恩赛德案件还牵涉到了政界的人物。在问题刚有点眉目的时候，沙伦的当事人威尔特却在被送往法庭所在的克劳利大楼时突然抢劫并杀害了押送的警官企图逃跑，最后被击毙。事情一下子变得扑朔迷离了。

流行小说注重情节是天经地义的。《公众的信任》也不例外。但我们觉得它有两点较为突出的地方：

首先，它的情节没有过分编造、演绎的痕迹，基本上是一环扣一环，入情入理。我们的一个突出感觉是，小说所叙述的故事很像日常生活当中发生的事件。根据我们通常的阅读体验，流行小说大都从一开始就埋下很多伏笔，往往使人一下子就坠入云里雾里，摸不着头脑。但《公众的信任》却是事件一个接着一个，特征很明显，没有故意编造的痕迹。可以看出，作者并不重在编造似乎合情合理的情节。虽然没有追求特别离奇的细节，但读上去依旧引人入胜。比如，出现在法庭上的一些交锋就颇有悬念：是否要传参议员出庭作证？能够证明伯恩赛德无罪的爱丽丝可否申请宪法第五修正案的权利拒绝回答任何问题？再比如，在获得了宝贵的一个周末的时间后，原来伯恩赛德家里的那个工艺钟表似乎成为了一种重要的证据。这时，伯恩赛德的母亲出庭作证，说自己认识那只工艺钟表。这时候似乎真相即将大白，可以保证伯恩赛德无罪释放了，但因为她记忆有误，错把另外的一只钟表当作了这只表，反而使案件突然之间又陷入了死胡同。还有，沙伦的情人布兰森在故事进行到一半时，都还似乎是个陪衬。后来还是在办案过程中从伍德罗的口中得知，布兰森不仅与黑社会有联系，而且对威尔特逃跑被击毙有着不可推卸的责任。这些都增加了小说的可读性。

其次，小说中的人物具有独特的魅力，真实可信。在我们所熟悉的流行小说中，小说的主人公大都具有非同寻常的智慧，令人始料不及、神通广大的特殊本领，所以才在千变万化的世界面前总能翻手为云、覆手为雨，将敌手置于股掌之间。但这样的一些人物，总是给人不太真实的感觉，他们不大像是生活在我们的现实之中。但《公众的信任》却是以张扬人物的个性见长的。比如，沙伦开头并不为威尔特所信任，因为原来接手案件的是著名的律师、沙伦的老板拉赛尔·布莱克。但沙伦并没有为威尔特言谈举止中所带有的明显的性别歧视所吓倒，而是在法官面前为他的权利据理力争。威尔特很快就为沙伦的气度、经验所折服。因为他“从来没有听别的律师这样说话呢”。由此可见沙伦性格气度之不俗之处，既折服了当事人，也吸引了读者。

## 二

刑事案件一旦与政治相连，就会变得不平凡；当政治又跟黑社会纠缠在一起的时候，就使得一些原本平常的案件更显出其不同寻常之处。公众、政府、司法、黑社会……有了这样一些内容，小说一定好戏连台。

美国社会的发达，较为突出的一个表现是它的媒体的强大。比如，美国有这样一个很有趣的现象，它对个人的隐私极为重视，但对政治家或者政客来说，这种隐私权就不存在了。而能够将政客们的生活甚至一举一动都暴露在光天化日之下的，就属现代的媒体了，即报纸、杂志、广播、电视。同样，在美国，刑事案件发生之初，都会引起众多传媒的关注，继而在客观上起到了督促的作用。有不少案件都是在媒体穷追不舍的关注下得以告破的。

《公众的信任》把媒体、政治、案件很好地结合在了一起。

小说中讲得很清楚，“在伯恩赛德案子的判案过程中，渗入了很多政治因素。”正如沙伦的老板布莱克所说，伯恩赛德的案子之所以难翻，乃是“因为里面有政治因素”。那么，问题的症结到底在哪里呢？关键在于，如果威尔特认罪，那么伯恩赛德就会被释放，而他的被释放就意味着当时的地方检察官、现在的州长候选人拉尔夫·托纳错了，伤害了托纳似乎就是伤害了他的后台，即布赖特参议员。

那么，怎样才能使伯恩赛德的案件重见天日呢？沙伦和她的老板想到了媒体：最好的方法便是从报界入手，从公开性入手，“公开性是被错误判刑的人的唯一武器，它能引起现政府的关切。”正因为如此，在《公众的信任》中，记者安迪·韦德是一个不可忽视的关键人物，在查明案件之中起了至关重要的作用。在威尔特在法院大楼企图逃跑被击毙时，在其他人四散逃跑的时候，沙伦却注意到这样一个细节，从威尔特身上掉下来了一个手铐的钥匙。那么，“究竟是谁给了他钥匙呢？”正是借助了记者韦德的帮助，最终才使得伯恩赛德的案件大白于天下。

其实，无论主人公如何具有通天的本领，恐怕都难以不依靠他人的力量。毕竟我们已经不是生活在福尔摩斯的时代了。

## 三

涉及政治、黑社会案件的流行小说比比皆是。但《公众的信任》有其深刻的一面。

任何一个刑事案件的背后几乎都是一个社会的故事，如果它与政界、黑社会组织相连，情况就更是如此。人们可能会问，开头并不是伯恩赛德代理律师的沙伦及其老板，为什么仅收象征性的一美元作代理费，却拼命在为他作调查和无罪辩护？应该说，从威尔特案件转到伯恩赛德案件是小说的一个转折点。虽然沙伦的老板布莱克一再提醒她，她自己对此也是一清二楚：她不是伯恩赛德的律师，但她却执意要调查下去，甚至不惜“掉脑袋”。正如沙伦在和老板对话时所说的那样，“我们这样做是为了什么？”“不仅仅是为了做一个无私的律师。”我们认为，他们的目的其实只有一个，那就是：为了公众的信任。

我们总觉得，一个人的案件，对整个社会来说真的是沧海一粟，但对其个人来说，它却是生命攸关。也正是这沧海一粟，最终汇聚成了奔腾不息的海洋。对个体生命的观照，实际上也是对整个人类生命的观照。公众的信任就建立在这个基石之上。通过伯恩赛德的案子，可以说，人们可以重新找回对公平、公正、道义的信任。

这或许应该是《公众的信任》的深刻之处。

（该文与郝素玲合作）

# 科幻小说的经典之作

## ——评《时间机器》

《时间机器》，[英]赫伯特·乔治·威尔斯著，中国人民大学出版社，2012

《时间机器》(*The Time Machine*)是一部科幻小说。

一部好的科幻作品，至少应该具有文学与科学两方面的优秀品质。一方面要有较高的文学性，即要用文学的语言及其手法去表达、传递和宣扬作者的理想以及对现实的批评性观念；另一方面要有基本的科学依据，要在现有的科学理论及其实践的基础上去放飞想象，展示一个乃至多个全新的科学现象、事物乃至展现出一个全新的世界。

《时间机器》正是这样兼具两方面优秀品质的一部出色的科幻小说。这部出版于1895年的小说，至今还在被人阅读，且被视为经典之作，至少有三方面的原因：第一，作者对他所处时代的批判精神及其真知灼见，至今还具有振聋发聩的作用，值得我们进一步深思和探讨；第二，作者所开创的“时间旅行”（time travel），在科学领域，至今仍然是人们心向往之并且还在孜孜不倦地进行着探索的科学现象；第三，作品本身是科幻作品的先驱者之一，为后来科幻小说成为重要的和独特的文学形态做出了贡献。

在21世纪的今天，一部19世纪末出版的科幻作品所想象的现象与世界仍然是科学家努力探索的方向，这本身就说明了《时间机器》作为一部经典作品的价值所在。

《时间机器》的作者是英国著名作家赫伯特·乔治·威尔斯（Herbert George Wells），他1866年出生于英国的伦敦。在青年时期，他上了一所理科师范学校，毕业后做了一名讲授科学课程的老师。在上学期间，他接受了英国著名的博物学家、达尔文进化论的代表人物赫胥黎（Thomas Henry Huxley）的指导，也接受了他的科学进化论的思想。由此，大概可以解开我们对他何以会写出科幻小说，又何以能够有坚实的科学依据所有的初步的疑惑。1895年《时间机器》成书出版时，威尔斯才34岁。

威尔斯的小说大都是有关未来的，总是把读者带入一个奇妙的世界之中，让人看到人性与大自然的相对黑暗的一面。由此在无形之中，人们会意识到并自然而然地联想到当时流行的物竞天择理论以及达尔文理论。

其实，威尔斯所写的科幻作品还有很多。在《时间机器》之后出版的《莫罗博士岛》（*The Island of Doctor Moreau*, 1896）、《隐身人》（*The Invisible Man*, 1897）和《星际战争》（*The War *of the Worlds*, 1898）等，都在文学史与科学史上留有印迹，也为广大读者所喜闻乐见，并且都产生了良好的社会反响。

但威尔斯最著名的作品，应该算是《时间机器》。

一般来说，科幻小说都比较引人入胜。因为人性中的好奇心作祟，读者总是能够被科幻小说轻而易举地带入到一个全新的世界当中，且往往会从最初的不相信、反对和质疑，过渡到疑惑、被吸引，再过渡到认为有道理乃至最后被剧中的人物以及事件所打动而沉浸其中，享受进入到一个全新的世界所带来的快感。

《时间机器》就是这样的一部作品。在这里，我们看到了另一个世界，一个世人所想象不到，却具有相当的可信度的世界。应该说，这正是威尔斯小说创作颇具力度的地方。

从情节上看，《时间机器》大致有两条主线：一条是“时间旅行者”在公元802701年身处埃洛伊人和莫洛克人世界中的历险故事，而另一条就是时间机器神秘的未来之旅了。

小说的主体部分有12章，自始至终出现的主要人物有两个。第一个是被称作“时间旅行者”（The Time Traveller）的主角。但有趣的是，在小说中，这位主人公一直没有一个真实的姓名，我们只知道他是一位科学家、发明家，痴迷于未来学，家住在伦敦郊区。第二位就是作品的叙述者了——希尔亚先生（Mr.Hillyer），他是“时间旅行者”家中的客人，对“时间旅行者”以及“时间旅行”本身怀有极大的兴趣和好奇心。

小说主要以叙述者——希尔亚先生——用直接引语引述“时间旅行者”的话语为主，同时辅之以描述和转述当时聆听的现场情景。像这种采用叙述者（narrator）讲述，特别是引用“时间旅行者”原话的方式来讲述一个神奇的故事——特别是在主要故事发生的阶段——往往会给人以很强的现实感和现场感，读者也会有身临其境之感。

小说的第一、第二章，也就是故事的开始，“时间旅行者”在家中对包括叙述者在内的一群客人讲解科学知识以及自己的发现和发明创造。他声称，人不仅可以在空间中走动，也可以在时间中穿梭。这样的理论自然引起了在座宾客的困惑、疑问与反对。但令所有人想不到的是，“时间旅行者”说，他已经建造了一艘“时间机器”，并且展示给大家看。他告诉大家，就是这台机器可以保证他在时间中的旅行成为可能。此后，他进入机器，操纵杠杠，转瞬之间就消失在了云层之中。

就科学意义而言，威尔斯在这里大胆地探索了时间的意义。那个时候人们常常讨论的是物体的长度、宽度、高度等，对于空间、距离等也比较敏感，但对时间来说，则重视不够。在威尔斯看来，这第四维正是需要人们去探索的陌生领域。他要在时间中去寻找出路。当然，最开始人们是抱有怀疑甚至是根本不相信的态度的，尽管还是有人相信，在未来，人们是能够自由自在地在时间中来回穿梭的——而这，恰恰是科学家所期盼去研究和有所发现并努力的结果。

一周之后，在约定的时间内，客人们来到“时间旅行者”的家中，不久就发现主人踉踉跄跄地走了进来，衣衫凌乱，疲惫不堪。晚饭后，大家坐在一起，开始聆听“时间旅行者”带来的可谓惊心动魄的未来故事。

从第三章开始，“时间旅行者”详细地向客人讲述了自己乘坐着建造的“时间机器”去到未来后所发生的一切。

当“时间机器”停下来的时候，已经是公元802701年了。“时间旅行者”发现自己进入到了一个全新的世界当中。这个世界没有疾病、昆虫、杂草，也没有暴力。但他还是发现了一种新型的人类，他称之为“埃洛伊人”（Eloi）。“时间旅行者”发现，埃洛伊人柔弱而又乐观，围绕着他这个外来的大玩具笑语欢歌、手舞足蹈，他们就像是一群无忧无虑、毫无邪念的孩子。

但很快，“时间旅行者”又发现了第二种人类——莫洛克人（Morlocks）。他们遍布在山野之间，其野蛮行径使他们横行霸道。最令“时间旅行者”惊讶的是，他很快发现，莫洛克人生活在地下，只有在夜晚时分才会从地下爬出来，依靠捕捉并进食埃洛伊人而活。特别是在黑夜到来之时，包括“时间旅行者”在内的人都不得不拼命逃离他们，才能使自己不会成为他们的盘中餐。

不幸的是，他忽然发现自己的“时间机器”被人偷走了。他怀疑是被莫洛克人给偷走的，而且是放在了附近巨大雕像的基座里面。后来，他救下了一位差点溺水而亡的“埃洛伊”姑娘维娜（Weena）——这应该算是小说中的第三位主人公了。据“时间旅行者”告诉大家，你很难从外表判断这个维娜究竟是男还是女，但他几乎可以肯定维娜是位女性。维娜对“时间旅行者”很友好，而在“时间旅行者”看来，她更像是一个宠物或者小孩子。

“时间旅行者”带着维娜来到了莫洛克人的居住地寻找自己

的机器。虽然他发现莫洛克人害怕火，但还是被人赶了出来。他和维娜一起来到一处他称为“绿色瓷器宫殿”（Palace of Green Porcelain）的地方，后来发现是一个博物馆。在这里，“时间旅行者”发现了更多火柴、樟脑，还找到了一个杠杆做武器。后来在穿越一处森林的时候，他无意中点燃了一把火，许多莫洛克人死于大火，而在随后的战斗中，维娜也被杀死了。筋疲力尽的“时间旅行者”飞快地回到了雕像的基座，发现那里的门已经被撬开了。他大踏步地走进去，然后乘上自己的机器，呼啸之间飞离了这块是非之地。

从小说整个叙述看，写作是采用了故事中套故事的写法。第一和第二章组成了小说的大框架，也就是外部故事，接下来，就是从第三章开始到结束，才构成了小说的核心故事——也就是发生在“时间旅行者”身上的一切。这种写法，一方面交代了历史背景，另外一方面则制造了一种悬疑氛围。

必须注意的是，作者所描述的时代是英国的维多利亚时代（Victorian England）。所谓维多利亚时代，是指从1837年6月维多利亚女王统治开始到她1901年1月22日去世为止的60余年的历史。这段时期在英国历史上可谓是秩序安良、繁荣富强、国民充满了自信的时代。从文化上看，这一时期是从理性主义（rationalism）到浪漫主义（romanticism）的过渡时期，这一点表现在了宗教、社会价值观与艺术等方方面面。也恰恰是在这样的历史时期，才可以有像书中所描述的那批抽着雪茄的绅士们在认真地讨论时空问题的景象出现。同样，也正是由于在那样的时代，由于人们的乐观，也才会有人相信有“时间机器”的存在。

然而，《时间机器》毕竟是一部文学作品，作者最感兴趣的话题，还应该是社会问题。因此，也就是从第三章“时间旅行者”的故事一开始，作者就借用“时间旅行者”的故事借题发挥，把矛头直指当时的社会问题。而他对当时社会风行的共产主义和资本主义都心存芥蒂，有所批判。在“时间旅行者”看来，埃洛伊人的弱不禁风，就是因为他们生活在一个无忧无虑的社会之中以及集体的生活状态所导致的。虽然他们都很漂亮，但却懒惰且缺乏智慧。当时英国的风尚是追逐技术革新和社会安定。很多人都认为进步无疑是不可避免的，也是件好事情。但在威尔斯看来，进步也可能走向不同的方向，如果技术进步使人太过舒适的话，人往往就会变得柔弱不堪。这样的理念，对我们今天的社会也不无启发意义。

第五章是比较长的一章。作者通过“时间旅行者”对埃洛伊人世界的探索，含沙射影地对维多利亚时代英国的社会习俗提出了批评。在他看来，埃洛伊人的世界就是一种反乌托邦（dystopia）。我们都知道，当有人写一个乌托邦的故事时，往往就会描述一个美满的社会，然后告诉你怎样才能去实现这样的理想。当一个人写一个反乌托邦故事的时候，就会反其道而行之地告诉你，如果某些方面出了问题，社会就会误入歧途。因此，如果说在前一章中作者通过描述埃洛伊社会的状况而对共产主义提出了批评的话，那么在本章中，他就把埃洛伊人和莫洛克人之间的紧张关系归咎于资本主义了。而当时的伦敦就是当时发达的资本主义的一个缩影，其紧张的劳资关系也深刻反映了资本主义社会的危机。

到第六和第七章的时候，我们看到“时间旅行者”走入了地下世界，走进了莫洛克人的世界。在这里，作者凸显了自己对莫洛克人吞噬、追逐和恐吓埃洛伊人的反思。他认为，这就像是在资本主义社会中工人在对其主人进行疯狂的报复。由此，我们感受到了威尔斯对现行社会制度及其状况的焦虑感。

从第八到第十章，威尔斯所讲述的未来故事基本到此结束了。但在这一段故事中，有两个因素值得我们注意，一是火，二是暴力。前者在维多利亚时代早已不是什么有力的武器了，但在未来，它却有可能成为一种令人生畏、富有魔力的利器。在故事中，火成为了“时间旅行者”逃出敌人魔掌的关键因素。后者则是类似《时间机器》的科幻故事所不能缺乏的因素，因为只有暴力和骚乱才能迫使主人公急于逃离危险。同时也正因为逃得匆忙，主人公没有带回更多的证据展示给大家看，这就给故事中的宾客和故事之外的读者留下了神秘莫测、半信半疑的感觉。

在第十一到第十二章以及后记当中，离开了埃洛伊人和莫洛克人的世界，威尔斯将故事的焦点从冒险转入到了时间旅行。他在这里讨论了天文学与进化论，字里行间透露着一种愉悦之情。而他的理论与很多当代的科学理论（如熵理论等）有契合的地方，从一个侧面充分显示了他卓越的科学才能。

由此可见，在这样一部以科幻为主的小说中，威尔斯不仅反映了他的社会政治观，表达了他对生活的态度，还充分展示了他对待贫富群体以及差异（特别是他对当时工业化时代劳资关系）的忧虑。这就是在威尔斯身上所体现出来的作家的社会责任感，也是威尔斯不同于乃至高于一般科幻小说家的地方。

《时间机器》属于科幻小说（science fiction），但准确地说，应该算是一部科幻中篇小说（novella），因为篇幅并不算太长，成书后也不厚。以比较常见的大众市场平装本（Mass Market Paperback）1992年版为例，不过区区125页。但该书出版后深受读者的欢迎，其不仅在文学中与科学上意义非凡，在大众中也影响深远。自1895年出版以来，已经被两度改编为同名电影，两度被改编为电视剧，被改写为喜剧故事的版本更是不计其数。

今天，学术界公认的一个基本事实是：《时间机器》是第一部有关时间旅行的作品，“时间机器”（time machine）这个词，就是由威尔斯创造出来的，而《时间机器》所讲述的故事，也推动了“时间旅行”（time travel）一词在大众中的广泛流行。

《时间机器》中那位无名的“时间旅行者”，可能是你，可能是我，也可能是任何人。我们都要走向未来。而在这走向未来的道路上，我们不仅会看到不同的风景，也会、也应该去思考与反省当下及未来的社会和生活状况。

在21世纪的今天，在技术如此发达、人类早已踏上月球的时代，我们更期待着飞向遥远的未来，去探索未知的全新世界。

——这，应该是我们今天依旧喜欢《时间机器》的原因所在。

# 这是文学史，还是文化史？

## ——评《新美国文化史》

所谓文学史，即是有关“文学”的历史，记载着文学创作的历史发展。

那么，何谓“文学”呢？在英语的概念中，“文学”（literature）一词原本指所有的创造性写作（creative writing，亦有译为“创意写作”的），但人们通常所说的“文学作品”，则有着较为严格的内涵，通常是指“美的作品”（beautiful writing），即主要指那些具有持久而重大的价值、写作手法优美、能够激发读者身心愉悦的作品。这样一来，它就把美的作品与我们通常意义上的“流行作品”区分开来了。前者往往被人们称为“纯文学”、“严肃文学”和“精英文学”，等等，而后者则通常是指迎合市场和大众读者的流行作品，一般称之为是“通俗文学”。

我们都知道，对于一本书的好坏乃至爱憎之说，都是取决于阅读者的思想、立场、情感、偏好的，应该说这是带有非常主观倾向的。因此，对于何为“好”、何为“坏”，实在是难有统一的定论，也因此，对于何为“严肃文学”、何为“通俗文学”，应该说也很难有特别统一的定义。

虽说如此，我们还是知道，无论在文学教育中还是在现实生活中，人们对这两者还是有着严格的区分标准的。比如在大学中，教授们都会为学生们列举众多的书目，告知大家哪些是名著。更会教导学生们说，好的作品都是经得起时间考验的，是超越我们日常生活的细枝末节的，是试图反映和解决我们人类生存的困境的。而所谓流行作品，不过是昙花一现而已。但不可否认的是，在文学史上，确有很多当时的"流行作品"最终成了"经典"而流芳百世。

而值得关注的是，自20世纪下半叶以来，特别是媒体的迅猛发展和高度发达，直接影响了人们欣赏和接受文学作品的态度和方式，也逐渐模糊了"严肃文学"与"流行文学"之间的界限。特别是随着全球化的到来，这种影响已经深刻地进入并影响到了学术研究，并且在其体制内部发生了巨大的变化，其标志之一就是"文学研究"迅速滑向"文化研究"，使得文学研究成为泛化的文化研究的组成部分。

说到这里，我们不得不问，何为文化呢？关于"文化"的定义五花八门，说有成百上千应该也不为过，但根据有关专家的论述，可以笼统地概括为，文化既是一种社会现象，也是一种历史现象，包括了一个国家或民族的历史地理、风土人情、传统习俗、生活方式、文学艺术、行为规范、思维方式和价值观念，等等。

虽说近30年来，在学术研究中，"文学研究"与"文化研究"的界限已经不太清晰了，但在各种"文学史"的记载中，这两者应该还是有着严格的区分的。但随着一本书的诞生，这种格局被打破了。正是这样一部打破了“文学史”与“文化史”之间区别的著述，在美国学术界引发了极大的争议。

这本书就是2009年9月由美国著名音乐学家马尔库斯（Greil Marcus）和哈佛大学教授索勒斯（Werner Sollors）共同主编、由哈佛大学出版社出版的《新美国文学史》（*A New Literary History of America*）。

《新美国文学史》

该书的主编马尔库斯不仅是作家、音乐学家、历史学家，还是音乐评论家和文化批评家，而索勒斯则是哈佛大学的非裔美国研究、英语文学和比较文学领域的教授。不仅两位主编在各自的领域颇有声望，该书还会聚了12位编委，也基本上都是美国各界相关研究领域的知名学者。而全书的撰写者，更是达到了200余位，且大都出自包括哈佛大学、耶鲁大学、普林斯顿大学在内的美国名校，也有来自海外包括加拿大、英国、德国的众多名校的专家学者。这些知名专家学者为本书撰写的文章（essay）多达225篇。因此，该书虽然只有一册，但正文页数达到1095页（全书总页数达到1128页）。

该书出版伊始，就受到了学术界和媒体的广泛关注，在广受好评的同时，也引发了极大的争议。包括《纽约时报》、《纽约书评》、《华尔街日报》、《出版商周刊》、《观察家》、《芝加哥论坛报》、《财富》、《高等教育纪事》在内的媒体纷纷刊发书评，对该书进行了详细的评论，同时也发表很多争论性文章。该书被评为当年“最佳非虚构类书籍”（A Best Non-Fiction of 2009）。

那么，这本命名为“新”的美国文学史，究竟“新”在哪里？它与以往的文学史有何不同？何以引发人们广泛的关注？争议又在哪里呢？

首先，该书所探讨的内容不单单包括了诗歌、书信、小说、回忆录等传统的文学作品，还把演讲、电影、音乐、艺术等等囊括在内。这一点无疑是该书最大的特征，也是引发学界巨大争议之所在。严格地讲，该书所探讨的众多主题，似乎并不属于“文学”的范畴，比如：拳击比赛（boxing matches）、电影、私刑（lynching）、控制论（cybernetics）、里根（Ronald Reagan）、奥巴马（Obama），等等。正因为如此，很多学者质疑：这还是“文学”史吗？或许称作“文化史”更为贴切一些。但该书的编者对此有自己的见解。

其次，该书是迄今为止美国文学史中范围最为广泛的一部。它最早写到的年代是1507年，也是“美国这个名字开始出现在地图上”的时候。但最晚则一直探讨到“2008年11月4日，奥巴马”，也就是奥巴马获选美国总统那个时期为止。这凸显了该书的“新颖”和当代性。

再次，文学史写法不同凡响。过去的文学史，通常都是编年史的写作方法，即或以时间为主，或以作者或者流派为主，或以文学主题或者文学术语去勾勒。而《新美国文学史》主要是以时间为经、按主题去写作，即主要选取美国历史上的重要时间段，进而去探讨相关的主题。这个时间段，可以是年，比如，“1507年‘美国’这个名字开始出现在地图上”；也可以具体到月或者日，比如“1925年6月，刘易斯（Sinclair Lewis）”、“1666年7月10日，布莱德斯特律（Anne Bradstreet）”；甚至还有具体到几点几分的，比如“1906年4月18日凌晨5:14，旧金山大地震”。

那么，人们不禁要问：《新美国文学史》的编者何以要“这样”去写作“文学史”呢？

第一，在该书编者看来，他们要去探讨的问题是：文学在历史发展过程中是如何产生出来的。或者说，其意义在于“通过文学看历史”；当然，这话也可以反过来说，“通过历史看文学”。正因为如此，他们试图“透过文学的透镜重新审视美国的经验”。文学在他们的眼里，不单单指那些传统意义上的文学文本，而是凡是与美国经验有关的，或者说，凡是透过文学的透镜能够看到的美国经验，都应该是可以被讨论的对象。这样的“文学观”，自然会导致非同一般的文学史的写作方法。

第二，编者认为，他们要书写的新的美国文学史，是一个“人为制造出来的国家的故事”，而这些故事在很多方面都先于美国社会就存在了。“美国文学不是继承而来的，而是创造出来的。”在美国历史上，没有什么传统能够独领风骚，也从来就没有固定的文学形式，美国历史，包括了文学史、社会史、政治史、宗教史、文化史、技术史，但它们一直都是一个“人们如何理解”的问题。这就是他们眼中的文学与历史的关系。

第三，编者毫不讳言，他们自己就把这本书称作是“一部广泛意义上的文化史”，而且明确表示，在本书中，“文学并不单单指那些被书写的文字，而且还应该包括人们的言说和人们的表达、人们的创作，而不管它们采取的形式是什么”。按照这样的理解，所有与美国有关的表达形式都被收入在内了，这自然包括了诗歌、小说、戏剧、散文这些传统的“文学”形式，但还包括了地图、历史、旅游日记、布道，公开的演讲、私人的信件，政治辩论、高等法院的判决，文学史与文学批评，民歌，杂志，戏剧表演，布鲁斯，哲学，绘画，战争回忆，博物馆，图书俱乐部，爵士乐，乡村音乐，电影、广播，摇滚乐，卡通，说唱，等等，不一而足。

对这样“新的”文学史，人们最自然而然的反应就是：这，哪里是“文学史”，这不是“文化史”吗？美国《华尔街日报》在2009年11月26日发表了题为“满是语词的大熔炉”的书评，其副标题或许有相当的代表性：“一部厚厚的文集抹去了文学、历史和流行文化之间的界限”。确实，人们的疑问恰恰就聚焦在《新美国文学史》究竟是“文学史”还是“文化史”的争论之中。

当年的11月1日，美国埃默里大学英文教授波尔林（Mark Bauerlein）与杜克大学英文与女性研究教授沃尔德（Priscilla Wald），应邀在《高等教育纪事》（*The Chronicle of Higher Education Review*）上专文讨论了这部著作。而主编之一的索勒斯也参与进来，在该刊上发表了自己的看法。

波尔林在文章中说，这部书已经完全是“文化史”了，而且，就连过去原有的高雅文化和低俗文化之间的区别也烟消云散了。

他质疑说，在这里，《深喉》（*Deep Throat*）中的艳星拉弗雷斯（Linda Lovelace）所占的篇幅居然与毕晓普（Elizabeth Bishop）一样多，而美国著名摇滚歌手贝里（Chuck Berry）的篇幅甚至超过了克莱恩（Hart Crane）。而旧有的主要叙事与概念在其中却没有位置。最后，他直言不讳地指出：这不是美国的文学史，而是多元文化主义浮现的戏剧性事件。

沃尔德在回应中承认，这确是多元文化主义浮现的戏剧性事件，但她对此有自己的看法。她从《新美国文学史》中看到的是一种无所不包的精神，或者不妨看作是巴赫金所描述的狂欢。她认为文学史是棱镜的，并举出克罗福尔（Joshua Clover）所撰写的关于迪伦（Bob Dylan）的一章为例，说明克罗福尔笔下的迪伦就是一个观察文学史转折点的绝佳棱镜。她认为两位主编提供了一种文学史的范式，即允许读者去观看那些发生了演变的事件、观点，以及文学形式、人物和创新的发展进程。

《新美国文学史》的主编索勒斯在简短的评论中，特别提到了"美国制造"（Made in America）的概念，认为是这一概念开放了他们的选材，凡是与美国制造有关联的，全部可以入选。

在人们有关本书是"文学史"还是"文化史"争论的背后，实际上蕴含着这样的问题：21世纪的文学史，应该如何写？那么，该如何回答这个问题呢？

我认为，在21世纪的今天，在书写"文学史"的时候，人们应该对"文学"与"历史"的理解与认识，特别是两者之间的关系，持更为开放的态度。其实，文学史的写法并无固定的模式，也不会一成不变。文学史的写作，当然是以记录文学的发展为主线，但不能因此就把文学同其他种类割裂开来。当人们把文学定义在文字、写作、表达这样更为宽泛的意义上时，把文学同历史、文化等放在一起来谈并加以记载，那就并无不可。《新美国文学史》让我们看到了编者看待文学与历史之间关系的一种新的思想和理念。这，对我们当下理解和书写中国乃至世界文学史同样应该具有一定的启发意义。

# 语言的背叛：移民作家的位置在哪里？

——评《移民作家》

2008年9月，芝加哥大学出版社出版了美国著名华裔作家哈·金（Ha Jin）的论文集《移民作家》（*The Writer as Migrant*）。该书为三篇文章结集而成，第一篇的题目为“代言人与部落”（The Spokesman and the Tribe）。第二篇的题目为“语言的背叛”（The Language of Betrayal），第三篇为“一个人的家园”（An Individual’s Homeland）。哈·金在这部书中，阐述了有关移民作家以及移民文学的相关话题，提出了一些值得我们深思的问题，包括：对于移民作家而言，他们能否成为原来所属宗族或部落（tribe）乃至“祖国”的“代言人”（spokesman）？用异国语言进行写作，是否是对所属宗族或部落乃至祖国的背叛？移民作家的家园（homeland）在哪里？在这部书中，作者以移居美国多年的俄罗斯作家索尔仁尼琴、俄裔美国作家纳博科夫、波兰裔英国作家康拉德、移居美国多年的中国作家林语堂等移民作家为例，细致入微地探讨了涉及移民作家的各种问题：生存与写作、孤独与乡愁、个体与集体、政治与艺术、回归与抵达等等。所有上述问题都会涉及作家的“位置”的问题，或者说作家的自我定位与被定位的问题。

我认为，哈·金在移民作家及其移民文学的问题上提出了新的和独到的见解和观点，不仅对于亚裔美国文学研究、对于整个文学研究或都具有重要的参考价值。因此，本文试图对《移民作家》作较为全面的评述，试图探讨两个问题：第一，哈·金在《移民作家》中主要阐述了什么内容、有何理论依据？第二，应该如何看待他所谈到的这些问题。

## 一

既然是谈移民作家，首先要定义“谁”是“移民”。在哈·金看来，所谓移民，一般来说大都是指从不太发达的国家到较为发达的国家去定居的人们。但紧接下来的问题是，移民作家，在面临所有作家都可能要面对的最古老的问题即“为谁写作”的同时，更要面对“以什么身份写作”、“为哪些人的利益（或者说站在哪些人的立场上）写作”[①]此类问题。在这三个问题之中，哈·金认为，第三个问题最令人困惑，因为这牵涉到作家的“身份”或者是“认同感”（identity）与传统的问题，而这个问题却并非一成不

①本文所引用的《移民作家》的片段，均为笔者所译。引文后的数字，为原书中所在的页码。

变，而极有可能是变动的，令人难以把握。

哈·金以自己为例来说，“我曾经把自己视为一位用英语进行创作的中国作家，……但我那时却未曾意识到我自己所选择的立场的复杂性和不可行性。”因为这样的立场会受到来自祖国的质问：“谁给你的权利让你代替我们说话的？”甚至还可能有人会指责作家说，你哪里是代表我们，你恰恰是那个在国外出卖祖国和人民的人呢。哈·金认为，这就导致作家必须去思考古老的问题：“我们是谁？”即要探讨作家写作的理由，或者说是作家写作的合法性问题。因此，随之而来的问题就是，作家能否代表自己的祖国，或者说，能否成为一名“代言人”？这个问题，在哈·金看来，若是在国内已经有了相当的声誉，对于已经具有代言人身份的作家来说，事情可能很简单，这个作家到了国外可以继续写作，并继续代言。然而，即便如此，这也不是长久的事，他不过是像有任期的文学大使罢了。

接下来，哈·金举了三个作家的例子，第一个是长期流亡美国的俄罗斯作家亚历山大·索尔仁尼琴（Alexander Solzhenitsyn），第二个是长期旅居美国的中国作家林语堂。这两位作家同属流亡作家，同时又都认为自己是自己国家的代言人。同时，他还谈到了英国作家V.S.奈保尔（V. S. Naipaul）。

众所周知，索尔仁尼琴在1974年2月，因为1973年出版的第一卷《古拉格群岛》（*The Gulag Archipelago*）而被剥夺了苏联国籍，紧接着被驱逐出苏联。那么，这个时候，他又该如何定位自己呢？在接受一位西班牙访谈者的访谈的时候，他说到，“我从没有想过要成为一名西方作家……我只为我的祖国而写作。”1994年3月，俄罗斯在恢复了索尔仁尼琴的国籍之后，他回到了俄罗斯。但有趣而又值得引人深思的是，在索尔仁尼琴回到俄罗斯之后，他却无法写作了——尽管这个时候他可以尽情地使用自己的母语进行创作了。原因似乎很简单，在过去，作为代言人，他给自己确立的目标更多的是揭露苏联历史的黑暗以及阴暗面，但当他回到现在已经完全不同于以往的俄罗斯的时候，他突然发现，自己所处的环境有了太大的改变，他在“为谁写作”的问题上出现了断裂——这个时候的祖国，已经不需要有人来代言了。在这样的环境之下，他所创作的很多作品的价值就远不如他在流放之前的作品。哈·金提到，直到大约10年之后，索尔仁尼琴才真正又“回到”俄罗斯——当然还是通过他的文学作品，尽管他的一些名篇是通过改编成电视剧的形式而被俄罗斯民众所重新接受的。

同样值得一提和关注的一点是，哈·金在文章中提到了索尔仁尼琴的一段往事，既很有意思，也很有意味，值得我们深思。在索尔仁尼琴流亡时期的1985年的6月24日，在他所居住的佛蒙特州卢特兰的家园之外聚集着大量的记者与摄影记者，他们在等待着伟大作家的出现，因为据说这一天将是索尔仁尼琴宣誓成为美国公民的日子。最后出来的只是他的妻子和儿子，索尔仁尼琴却没有出现。——很显然，他最终改变了主意。据后来他的传记作家约瑟夫·皮尔斯（Joseph Pearce）说，索尔仁尼琴的太太说，他无法想象自己是除了俄罗斯之外的任何一个国家的公民。当然，我们可以推测的是，他毕竟还是希望加入美国国籍的，因为他等待的时间太久了，他需要为了家人而有所改变。但哈·金还是认为，索尔仁尼琴的故事告诉人们，虽然作家在精心打造自己与其部落的关系，但他本身所具有的角色还是具有可变性的——有时是意外，有时则是必须的。比如索尔仁尼琴就试图为了家人而转变“身份”。像这样坚定的爱国者，都曾犹豫和动摇过，更何况其他人？换句话说，一位作家试图表明作为人民代言人的身份其实是很脆弱的。那么，什么才是强大和有力量的呢？哈·金说，“唯有文学才能突破历史、政治和语言的障碍，抵达包括作者的祖国人民在内的读者那里。”这，应该是索尔仁尼琴最终被他的祖国人民所接受的主要原因所在。

哈·金所提到的另外一个作家是林语堂。林语堂同样拒绝成为一名美国公民，虽然他在美国生活了30多年。林语堂从1936年离开中国后，就再也没有回到中国大陆。对于林语堂而言，哈·金总结道，虽然作家个人非常看重自己的《京华烟云》（*Moment in Peking*），但这个作品在英语世界中，人们已经不怎么阅读了，因为他“过分沉溺于解释中国”。但他的这部作品的翻译本，还在中国大陆被人阅读，但人们似乎更关注的是那个时代的中国，也就是更看重作品的历史文献价值。而他的另外两部作品《唐人街》（*Chinatown Family*）和《生活的艺术》（*The Importance of Living*）还在英语世界中印刷。由是观之，哈·金总结说，“这个事实意味着，是主题与内容而非语言决定着一本书的命运，事实常常如此”。

看到这里，其实，我们应该理解哈·金提到两位作家所要强调的是什么了，首要的是作家的作品，要靠作品的力量去打动人包括自己的国民，其次就是作品的主题与内容，即你写的是什么，而不是用什么语言去写作。换句话说，他对作家的“代言人”身份是持怀疑态度的。紧接着，哈·金还使用出生于加勒比地区特立尼达岛的英国作家奈保尔作为讨论“个人与集体”的一个典型例子。他的结论更加明确无误，自命为国家与民族的“代言人”是愚蠢的。

我们有必要去追问，哈·金何以得出这样的结论呢？他在文章中对此作出了明晰的回答。他说，下面的话可能是套话，但却千真万确：一个作家的首要职责就是写出好的作品来，其社会角色是第二位的。由此他得出了自己的最终结论：作家当然应该拥有一种道德立场，也应该为被压迫者言说、反抗偏见与不公，但这样的姿态应该是第二位的；作家应该意识到自己的艺术作为社会斗争工具的局限性，而对作家来说，“他的真正的战场不在别处就在纸上，如果其作品不被承认为艺术，那也就没有什么价值可言。”哈·金最后不无沉痛地说，对于很多历史事件与历史往事来说，如果没有那些永恒的文学作品去描写它们，到将来那些曾经受苦受难乃至为之付出生命代价的人们都将逐渐淡出人们的集体记忆之外，这无疑是可悲的，如此说来，甚至应该算是作家的失职。因此，作家应该主要通过艺术的渠道进入历史，“作家的成功与失败最终是由白纸黑字来决定的。”

## 二

我们都知道，作家总是沉溺于语言之中，甚至会被语言所迷惑。然而，使用异国语言进行创作，却给作家带来了尴尬的地位。

在第二篇文章《语言的背叛》中，哈·金指出，过去一般都认为，对于作家而言，不再使用母语进行创作而选择另外一种语言进行创作，无疑是一种“背叛行为”。就创作而言，哈·金在被人问道为什么用英语进行创作的时候，他曾经常常回答说“为了生存”。而他也提出，这里的“生存”实际上有三层意思：一是物质层面的生存，二是“要过一种有意义的生活”，而第三种则意味着，“要充分利用自己的生活/生命，去追逐自己的幻想”。

同样，他以两位作家康拉德和纳博科夫为例来说明自己的观点。

约瑟夫·康拉德（Joseph Conrad）是波兰裔的英国作家，他把写作视为个人的一种幻想。但在英国及英属地的时候，为了实现个人写作的雄心壮志，他不得不选择英语这一欧洲主要语言进行创作，尽管他从来没有为这样的选择感到轻松过。很有意味的是，1914年，在阔别了21年再回到波兰的时候，康拉德已经是具有国际影响的作家了，他却依然有些坐立不安，他担忧的就是自己的祖国会冷淡自己。相反，在英格兰，他总是感到自己是个外国人。哈·金认为，这一定是他拒绝牛津大学、剑桥大学和其他大学授予他荣誉学位的原因，也是他拒绝英国政府授予他爵位的原因。当然，这并不意味着，康拉德对世俗之中的荣誉毫不在乎。

恰恰相反，他志存高远，渴望得到的是世界文坛的最高荣誉——诺贝尔文学奖。哈·金说，康拉德之所以对这个大奖心向往之，乃是因为如果有了诺贝尔文学奖，他就可以弥补他在英国和波兰之间认同感的那种断裂了。但令人遗憾的是，诺贝尔文学奖最终也没有落到他的头上。在哈·金看来，现实是很残酷的，康拉德其实完全没有意识到，他已经没有国家可以代表了。

在康拉德创作的历程中，同样有一段故事值得说上一说。在1899年4月份，波兰出版的《家园》杂志刊登了一篇严厉谴责康拉德写作的文章，作者为伊莉莎·奥泽斯科娃（Eliza Orzeszkowa）。她的观点主要有三个：第一，康拉德的移民是对自己祖国的遗弃；第二，用英语写作是一种背叛行为，因为依传统而言，使用波兰语写作就是一种爱国行为；第三，用一种主要的和强势的外国语言写作挣钱，就是把自己降低到了小商小贩的水平，这反过来就使得这个作家的作品对他的祖国的人民来说变得无足轻重了。可想而知，这样的评论令康拉德深受打击。后来，就康拉德的创作而言，背叛就成了他的一个主题。但哈·金表示，他反对这样的观点，认为“究其实质，这里的指责无疑是一种集体的声音，它要求作家无条件的忠诚与牺牲，却对其能否在异国土地上生存不管不问。这种声音根本就无视个人的特殊环境。”在文章的最后，他的结论和观点同样简明扼要，对于语言的背叛不重要，重要的是，“他必须只能忠实于他的艺术”。

就篇幅而言，第三篇文章《一个人的家园》最短，但同样提出了一个重要的问题，即对于移民作家来说，其“家园”在哪里？在哈·金看来，“从定义上看，‘家园’一词有两个意思，一是指一个人的故乡，另一个则指一个人现在的家庭所在地。”在过去，这两个词很容易合二为一，其意义也就不用辨析，但到了现在，这两者则逐渐对立起来了。因此，才有了“我的第二故乡”这样的说法。在文章中，哈·金明确提出，随着时代的变迁，家园已不再仅仅是存在于一个人的过去中的地方，而是与一个人的现在和未来有关的地方。他用“抵达”（arrival）和“回归”（return）来做比喻提出，实际上，对于绝大多数的移民作家而言，家园的问题所涉及到的是“抵达”而不是“回归”。据此，哈·金总结道，家园就是你建立家的地方这一说法，其实是符合逻辑的。

无疑，上述阐释至少有两方面的意味，首先，移民作家的“家园”可以是自己目前或者未来的居住国，其次，对于作家来说，“家园”并不总是那个让你不断回望乃至回归的地方，也有可能是你现在或者未来所居住乃至向往的地方。

## 三

哈·金上述三篇文章的重要性在于，拓展了围绕在移民作家身上的诸多问题，而其中，由作家选择的非“母语”写作而引发“身份”的变化这一问题，应该说最引人瞩目，也更应该引起人们更多的关注。

我们都知道，全球化时代的到来和多元文化的盛行有一个重要特征，就是打破了过去地理和地域与文化之间固定的边界，

“界限”的模糊性凸显无疑。而就“地球村”人员相互快速的流动来说，所引发的一个重大问题就是人的“身份”问题。而围绕这个问题，我认为，至少有如下几个问题值得引起我们的关注和讨论。

首先，“身份”问题所引起的困扰在我们的日常生活当中已经体现出来了，在跨越国界时，表现就更为明显了。众所周知，在现实生活中我们最喜欢问对方的问题大概就是“您是哪里人”了。这个问题在过去的农业化时代是不成其为问题的，因为人的籍贯、出生地以及生长地，基本上就是那个地方——这就是“家乡”，也是我们是哪里人的那个“地方”。然而，随着后来工业化的兴起，包括战争、灾难等等自然灾害的原因，移民开始大量出现，特别是全球化时代到来之后，这个问题就变得复杂起来了，而且有越来越理不清的趋势。一个人的籍贯可能是河南，但他出生在北京，后来又在黑龙江长大，再后来于上海接受大学教育，之后到广州工作并且长期在此居住，对这样的人，您说他是哪里人？——更别说一个长期居住境外和国外的人的情况了。

在这里，我们就不去细究对于国民至关重要的“户口”的问题了。但我们不能不追问的是：对于一个人来说，籍贯/出生地/生长地/常住地/户口/国籍等等，如果只是单一地去看，它们是否如此重要，以至于仅凭其中之一就能确立我们的身份？以籍贯为例，难道就因为父亲或者祖父的出生地在某地，我们就必须把自己当做是某地的人吗？但问题是，若把所有的因素考虑在内的话，我们又该以哪个为主来定义自己呢？

其次，从上述现实问题我们就可以推知，跨国的移民问题自然要复杂得多，而这一点在移民作家身上，又是难以回避的问题。当然，对于作家的身份而言，如果采用哈·金的观点，即作家重要的是要写出好的作品来，这当然也说得过去，但对于学者和研究者来说，特别是对于写作国别文学史的学者和比较文学领域的研究者来说，就很难跨越了，因为究竟应该选择哪些作家，或者说哪些作家究竟应该属于自己所要撰写的国别和比较研究的对象，肯定是个难以回避的问题。在这里，我们不禁要问，对于一个跨国之人的“作家”身份来说，证明其应该属于哪个国家作家这一身份的，究竟应该是其国籍/护照还是常住地呢？以哈·金为例，他不仅在中国出生，而且在中国接受了博士前的所有教育（到美国后攻读的博士学位），但目前，作为已经加入了美国国籍且现在长期在美国居住的作家，我们该把他视为中国作家还是美国作家呢？其实，我们还可以进一步追问的是，护照/国籍自然重要，它能够确立我们的一国公民的身份，但问题是，它是否还能确立我们的民族与文化身份呢？

再次，对“身份”问题的追问，对于比较文学研究有着较大的影响甚至是冲击。我们都知道，所谓比较文学，过去一般定义为要有四个“跨”，即“跨语言、跨文化、跨民族、跨国家”；到后来，这一定义有所变化，学者抛弃了四个“跨”中的两个，只保留了“语言”与“民族”；再到现在，一般认为所谓比较文学，不过是指两种或者两种以上民族文学相互影响作用的研究（就不提文学与其他艺术门类等之间的比较研究了）。但问题是，现在移民作家的出现，无疑给这里最后所保留的“跨民族”文学也打了折扣。试问：如果以哈·金（当然你也可以选择纳博科夫、索尔仁尼琴、康拉德、奈保尔等等这样的跨国作家和跨民族作家）为例进行“比较文学”意义上的研究，在中美之间，我们该选取中国作家与他进行比较研究呢还是选择美国作家？

最后，一般来说，移民与“流亡”密切相关，如果顺着这个思路往下探究，我们会发现，由移民作家所引起的有关移民文学的话题，也还有值得深入探讨的地方。比如，无论称之为“移民”也好还是“流亡”也好，还有一种情况，那就是并没有改变国籍，但依旧离开家园流浪在外的人。比如流亡作家在文学史上就很多，像但丁离乡背井后，就再也没有回到过家乡佛罗伦萨。乔伊斯死后葬在了瑞士的苏黎世。那么，这些人又该如何对待呢？再看“流亡”问题，实际情况也应该更加复杂一些。1987年，约瑟夫·布罗茨基写作了《我们称之为流亡的状态》一文。他在谈论流亡作家时，认为所谓流亡不过是一个瞬间，到了新的环境下，就不能再称之为流亡了。当然，他分析了流亡心态的三大特点：受迫害感，放大了个人所受的苦难；优越感，自认高于普通难民和移民；怀旧感，时刻不忘过去和祖国。因此，对于“流亡”问题，还不能一概而论。2001年，著名后殖民主义文学批评家、哥伦比亚大学萨义德教授50年间所写的论文集《流亡的沉思》出版，他在同名论文中，把流亡分得非常细，分为流亡者、难民、外籍人士和移民。在他看来，所谓“流亡”，是最古老的现象，与驱逐或流放有关；“难民”则是20世纪的政治产物；“外籍人士”是指那些因个人原因而自愿到异国去居住的人们;而“移民”则是指到另一个国家定居的人们。这样的划分,对我们更加深刻地认识不同境遇的移民,特别是作家的创作来说,可能更有帮助。

综上所述,哈·金的《移民作家》无疑开拓了我们的视野,让我们看到了在全球化时代作家创作和研究中应该注意的一些新问题。在对哈·金的观点——无论作家的身份如何,无论作家使用的语言为何,最终衡量作家作品价值的还是艺术本身——表示赞同的同时,我也认为,我们还必须注意到一个事实:仅就移民作家而言,并不是所有的移民作家都有移民的心态,而在一国之内,一名作家或许也会有流亡的心态。所以,当我们对作家进行研究的时候,还是应该以个案为基础。同时我也认为,不仅个人对国家、民族及其文化有认同感,反过来亦然,作为文学研究者和文学史的撰写者,应该具有更为开放的心态和胸怀——移民作家的位置,也在文学研究者和文学史家的笔下!

# 后 记

从2011年起，我在《博览群书》杂志开辟了一个专栏“域外书谭”，专门介绍国外（与境外）的最新图书。除了介绍一年一度的“美国国家图书奖”外，主要以介绍在英语世界最新出版的较为流行的图书为主。其中不少文章是我在美国期间所写的，也有不少是从美国回国后所写，也有一些文章是我为自己所翻译的国外的作品所写的前言。现在，把这些文章结集在一起，加上少数几篇我先前曾经发表过的有关国外图书的文章，主要是为国内所出版的国外名著所写的序言，就成为了《域外，好书谭》这样一部小书。

在把这些文章收集整理成册的时候，我想到了自己从2009年起，在我现在所在的中央民族大学外国语学院所开展的一项读书活动：“同读一本书”。这项读书活动的目的非常明确，就是要求所有进入中央民族大学外国语学院的新生（包括本科生和研究生，以及转专业来的新生）都来同读一本书。我当时提议开展这项活动的目的有三个：第一，号召大家共同读书，希望大家养成读书的习惯；第二，一本书可以是一个纽带，使学生在开学之初，能够尽快融入到民大外院这个集体当中；第三，可以使学生在今后四年的时光里，至少有一个共同的话题，同时能够参与到共同的活动之中。这项活动发展到今天，已经成为我院的一个品牌，也很受师生的欢迎。

而在这个活动中，我个人同样受益很多。首先，是让自己坚持不懈地读书；其次，作为一名教师和学者，我也想尽量把国外最新的图书情况介绍到中国，从而让中国读者能够在第一时间与英语世界的读者同步，了解有关图书界的最新状况。现在，看到这些文章能够结集成册，心中还是有些安慰，因为自己在紧张繁忙的教学、科研和工作之余，也为中国的阅读事业尽了一份绵薄之力。

为此，我要感谢《博览群书》杂志的前主编陈品高先生，是他开明地让我在《博览群书》上开设了“域外书谭”的专栏；感谢《博览群书》的编辑谢宁，是她在我写作时一直联系我，并为专栏付出了很多心血；感谢南京大学徐雁教授，是他向海天出版社推荐了我和这部小书，并提议以“域外，好书谭”命名；感谢收入这本小书的几篇合作文章的合作者；更要感谢海天出版社的李向群老师，她专程到北京来跟我谈这部书的相关事宜。没有这些师长朋友的关心和爱护，就不可能有这部书。

在我院开展的“同读一本书”活动时，我曾特意向学生指出，阅读一本书是远远不够的，但我们所提出的每一本书，都是一个象征，一座灯塔，一个起点。我也很愿意从这部小书出发，在未来更多地踏上阅读域外好书之路，也写作更多的关于域外好书的文章，从而与读者一起进入书的海洋。

**郭英剑**

**2014年2月21日于北京家中**

# 图书文化

《全民阅读推广手册》徐雁 / 主编

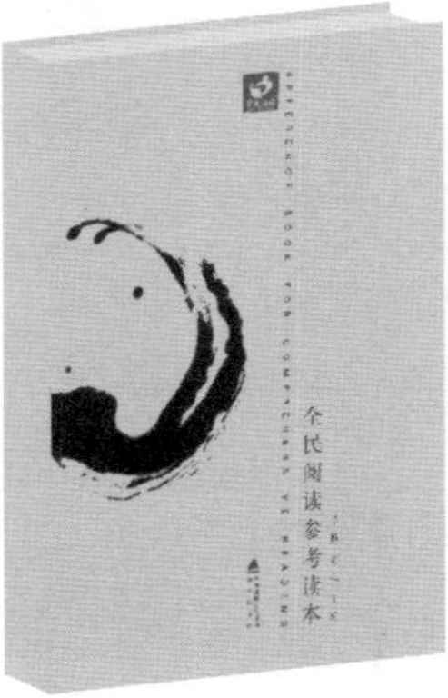


《全民阅读参考读本》徐雁　陈亮 / 主著

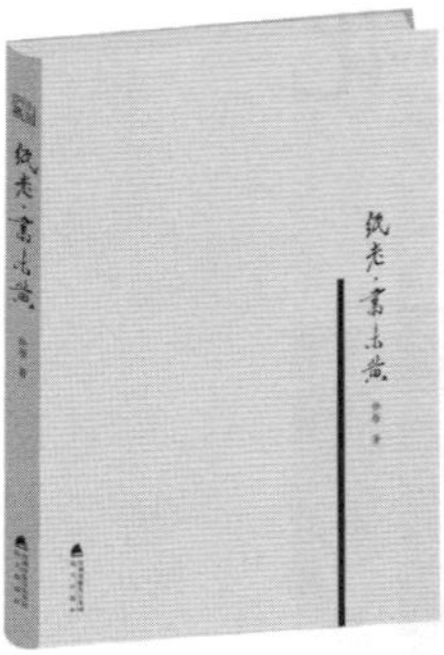


《纸老，书未黄》徐雁 / 著

《近楼，书更香》彭国梁 / 著

《阅读，与经典同行》王余光 / 著

《书香，也醉人》朱永新 / 著

《书香，少年时》孙卫卫 / 著

《域外，好书谭》郭英剑 / 著

《谈笑有鸿儒》刘申宁 / 著

《斯文在兹》吴晞 / 著

# 本色文丛

本色文丛是我社策划的系列图书，持续组稿编辑出版。丛书力图给喜欢品味散文随笔、全民阅读与图书文化、名人日记与学术札记、海外文化的人士，提供良书与逸品。

## 本色文丛·图书文化

| | | |
|---|---|---|
| 《书香，也醉人》 | 朱永新著 | 29.00元 |
| 《纸老，书未黄》 | 徐　雁著 | 29.00元 |
| 《近楼，书更香》 | 彭国梁著 | 29.00元 |
| 《书香，少年时》 | 孙卫卫著 | 29.00元 |
| 《阅读，与经典同行》 | 王余光著 | 29.00元 |
| 《域外，好书谭》 | 郭英剑著 | 29.00元 |
| 《谈笑有鸿儒》 | 刘申宁著 | 29.00元 |
| 《斯文在兹》 | 吴　晞著 | 32.00元 |

| | | |
|---|---|---|
| 《淘书·品书》 | 侯　军著 | 32.00元 |
| 《西风·瘦马》 | 沈东子著 | 32.00元 |
| 《书人·书事》 | 姚峥华著 | 28.00元 |
| 《闲人，书生活》 | 胡野秋著 | 即将出版 |
| 《文学赏心录》 | 杨　义著 | 即将出版 |
| 《文学哲思录》 | 杨　义著 | 即将出版 |

**本色文丛·散文随笔**（柳鸣九主编）

| | | |
|---|---|---|
| 《往事新编》 | 许渊冲著 | 29.00元 |
| 《信步闲庭》 | 叶廷芳著 | 29.00元 |
| 《岁月几缕丝》 | 刘再复著 | 29.00元 |
| 《子在川上》 | 柳鸣九著 | 29.00元 |
| 《榆斋弦音》 | 张　玲著 | 29.00元 |
| 《飞光暗度》 | 高　莽著 | 29.00元 |
| 《奇异的音乐》 | 屠　岸著 | 29.00元 |
| 《长河流月去无声》 | 蓝英年著 | 29.00元 |
| 《青灯有味忆儿时》 | 王春瑜著 | 28.00元 |

| | | |
|---|---|---|
| 《神圣的沉静》 | 刘心武著 | 30.00元 |
| 《纸上风雅》 | 李国文著 | 30.00元 |
| 《母亲的针线活》 | 何西来著 | 28.00元 |
| 《坐看云起时》 | 邵燕祥著 | 28.00元 |
| 《花之语》 | 肖复兴著 | 30.00元 |
| 《花朝月夕》 | 谢　冕著 | 28.00元 |
| 《无用是本心》 | 潘向黎著 | 28.00元 |

## 本色文丛·日记（于晓明主编）

| | | |
|---|---|---|
| 《读博日记》 | 张洪兴著 | 31.00元 |
| 《问学日记》 | 王先霈著 | 26.00元 |
| 《文坛风云录》 | 胡世宗著 | 29.00元 |
| 《原本是书生》 | 于晓明著 | 32.00元 |
| 《紫骝斋日记》 | 马　斯著 | 31.00元 |
| 《梦里潮音》 | 鲁枢元著 | 31.00元 |
| 《行旅纪闻》 | 凌鼎年著 | 即将出版 |
| 《微阅读》 | 朱晓剑著 | 即将出版 |

| | | |
|---|---|---|
| 《从神州到世界》 | 张　炯著 | 即将出版 |
| 《丹青寄语》 | 崔自默著 | 即将出版 |
| 《文坛边上》 | 吴昕孺著 | 即将出版 |
| 《书事快心录》 | 自　牧著 | 即将出版 |

## 本色文丛·海外文化

| | | |
|---|---|---|
| 《半岛之半：居韩一年散记》 | 许　结著 | 30.00元 |
| 《西行漫笔：一个远足者的异国寻觅》 | 王兰仲著 | 29.00元 |
| 《哈佛周记》（暂名） | 郭英剑著 | 即将出版 |